Das Wetter wird gesteuert

Das Buch

Felix erbt einen Wald von seinem Großvater, der vorausgesehen hat, dass sich die klimatischen Lebensbedingungen auf der Welt dramatisch verschlechtern werden. Er erwartete Wetterkatastrophen wie Orkane, Überflutungen, Waldbrände und langanhaltende Hitzewellen mit Tausenden von Toten in den Ballungsgebieten durch die zunehmende Erderwärmung. Aus Verpflichtung dem alten Herrn gegenüber studiert Felix Wetterkunde, denn sein Opa hatte eine vage Idee, wie solche Extreme verhindert werden könnten.

Zusammen mit seiner Schulfreundin Linda, die das gleiche Fach studiert, entwickeln die beiden Wissenschaftler ein Konzept, um das Wetter zum Segen der Menschheit zu steuern. Aber die etablierten Meteorologen haben Angst vor Veränderungen und die Wetterdienste fürchten um ihre Arbeitsplätze. Felix, Linda und ihre Vorschläge werden kaltgestellt.

Ausgerechnet ein umstrittener weltumspannender Konzern verhilft der Wettersteuerung zum Durchbruch.

Nach anfänglichen Erfolgen treten plötzlich wieder Unwetter auf. Als Felix und Linda weitere Katastrophen verhindern wollen, lässt der verbrecherische Urheber die beiden durch eine Intrige einsperren.

Rettung kommt durch Cousine Louise, die in dem besonders unter der Hitze leidenden Australien eine religionsfreie Ethik für die moderne Welt ersonnen hat. Durch die Zähmung des Wetters und Mäßigung im Konsum atmet schließlich die Atmosphäre wieder auf!

MANFRIED HEINRICH

Das Wetter wird gesteuert

© 2017 Manfried Heinrich

Satz, Umschlaggestaltung, Herstellung und Verlag:
BoD – Books on Demand, Norderstedt

ISBN: 978-3-7431-3563-5

Inhalt

Warum ich, Felix Hinzpeter, Meteorologe wurde	9
Meine Cousine Louise denkt in Australien an die Hölle	29
Rettung aus dem Weltraum?	34
Das Wetter wird gesteuert	56
Merkwürdige Pannen	71
Louise schreibt die Zehn Gebote neu	92
Die Likedeeler greifen durch	104
Die Atmosphäre atmet wieder auf	129
Anhang	132
Sind wir Wetterkatastrophen hilflos ausgeliefert?	132
Weather disasters can be prevented by controlling cyclones	139
Der Autor	145

»Jede hinreichend fortschrittliche Technologie ist von Magie nicht zu unterscheiden.«

(nach Arthur C. Clarke)

Warum ich, Felix Hinzpeter, Meteorologe wurde

Hell und grün ist im Jahre 2067 der Wald, den mein Großvater 1995 mit Buchen, Eichen, Kiefern, Fichten und Douglasien im Norden Deutschlands aufgeforstet und gepflegt hat. Inzwischen habe ich seine Arbeit übernommen und kann gelegentlich kerzengerade Stämme ernten und die großen Lücken im Blätterdach mit kleinen Wildlingen wieder auffüllen. Mein Alter von 62 Jahren ist meinem gebräunten, fast faltenlosen Gesicht nicht anzusehen. Meine kurzen Igelhaare sind allerdings grau; das ist kein Wunder nach meiner Gefängnishaft, aber meine blauen Augen strahlen noch immer.

Als mein Großvater lebte, trugen Wind und Vögel Birken- und Ebereschensamen zwischen die angepflanzten Bäume. Die Birken sägte er ab und fütterte damit seinen Kaminofen im Wohnzimmer, um weniger Heizöl zu verbrauchen. Als Kind verstand ich den alten Mann nicht, wenn er sagte: »Ich spare Öl für meine Nächsten.« Erst viel später wurde mir klar, dass er damit nicht nur mich, sondern auch die nächsten Generationen meinte.

Er hatte zudem damals schon eine vage Vorstellung von der Wettersteuerung, nur war die Zeit noch nicht reif dafür.

Ich aber, Felix, der Glückliche, habe seine Idee umgesetzt, und nun ist das Leben auf der Erde wieder erträglich. Die Temperaturen sinken sogar langsam. Das gezähmte Wetter erzeugt jetzt keine Katastrophen mehr und ich bin wieder frei. Das habe ich meiner Cousine Louise zu verdanken, die auch große Teile dieses Buches verfasst hat; das meiste aber habe ich im Gefängnis selbst geschrieben und jetzt in der Ruhe meines Waldes überarbeitet.

Meine wiedergewonnene Freiheit genieße ich in einem 19-Fuß-Standard-Container, der innen mit hellem Holz elegant ausgestattet ist. Meine Kinder führen ihr eigenes Leben und meine Frau starb 2055 an den Folgen unserer Haft.

Einsamkeit ist heute ein seltener Luxus. Um meinen Wald werde ich von vielen beneidet. Die meisten Menschen wohnen jetzt in runden Hochhäusern, weil damit kostbarer Baugrund gespart wird. Die Appartements darin sind nicht größer als meine Bleibe, aber dort leben Hunderte zwischen dünnen Wänden in Lärm und Enge dicht nebeneinander.

Weil ich hier allein im Wald lebe, schnalle ich gelegentlich das Handy von meinem Handgelenk ab. Das ist streng verboten, weil dieses kleine, wasserdichte Gerät gleichzeitig jedermanns Personalausweis ist. Selbstverständlich dient es in erster Linie der Kommunikation, aber es lokalisiert auch ununterbrochen jeden Träger als ultimative Vorsorge gegen Terrorismus. An den Türen aller öffentlichen Gebäude und im Umkreis von Bahnhöfen, vor Kinos oder sonstigen Versammlungsorten registrieren Lesegeräte die auf dem Chip des Handys gespeicherte ID-Nummer jedes Passanten. So gibt es von jedem ein lückenloses Bewegungsprofil. Leute ohne Handy werden sofort verhaftet. Ein Tausch ist nicht möglich, weil diese teuflischen »Wachhunde« auf die DNA ihres Besitzers programmiert sind und sofort Alarm geben, wenn sie eine »fremde« Haut analysieren.

Nach langen erbitterten Auseinandersetzungen um die allgemeine Einführung dieses personalen Handys erkannten auch die Gegner deren Vorteile – steigt man z. B. in einen Bus, wird dies registriert, verlässt man das Fahrzeug, wird der Fahrpreis automatisch vom eigenen Konto abgebucht. Genauso wird es im Theater, im Kino und bei allen sonstigen Veranstaltungen gehandhabt. Man braucht kein Geld mehr mit sich zu führen. Da in den Geschäften alle Artikel einen Chip tragen, gibt es keine Kassen mehr; vor dem Verlassen des Ladens wird alles Gekaufte in einer Schleuse erkannt und dem Träger zugeordnet. Ladendiebstahl gehört der Vergangenheit an.

In meinem Blechgehäuse kann ich nicht viel unterbringen. Aber ich habe eine tolle Inneneinrichtung und besitze einen schnellen Laptop der neuesten Generation, der mir Zugriff auf Nachrichten, Kunst und Musik aus aller Welt verschafft. Gerade höre ich in den Nachrichten: »Madrid: Der große Waldbrand bei Don Benito, den dreihundert Feuerwehrleute nicht unter Kontrolle bringen konnten, ist erloschen, weil die Wetterkontrolle dort mit einem Tief ergiebigen Regen erzeugt hat.« Diese Nachricht erfüllt mich mit ebenso tiefer Befriedigung, als hätte ich das Feuer eigenhändig gelöscht.

Brot, Sojamilch und die neuen synthetischen Nahrungsmittel besorge ich mir aus dem nahe gelegenen Turm bei Gloobal Incorporation (GI) in Wacken. Dieser Ort wurde durch das Heavy-Metal-Festival »Wacken Open Air« weltberühmt. Als es durch die Erderwärmung auf den Weiden zu heiß und zu trocken wurde, baute man eine riesige Halle mit einem flachen Wasserbecken für die beliebten Schlammschlachten. Trotz des geschlossenen Gebäudes wird der Markenname »Wacken Open Air« weiter verwendet. Wegen des jährlichen Festivals ist der Wohnturm bei Wacken besonders gut ausgestattet; er hat sogar klimatisierte Gästeräume, in denen Tausende auf dreistöckigen Pritschen ihren Rausch ausschlafen können.

2015 war mein Großvater noch gesund und fit. Seine Erzählungen aus der Welt der Wissenschaft faszinierten uns. Gerne erinnere ich mich, wie Opa uns nach Verlöschen des Lagerfeuers die Sternbilder und den Einfluss des Mondes auf die Erde erklärte. Die Gestirne waren auf unserer Lichtung im dunklen Wald gut zu sehen, weil dort die Lichter der großen Städte nicht den nächtlichen Himmel verschmutzten.

Schon damals war die Erderwärmung ein beunruhigendes und wichtiges Thema. Er wusste aus seiner eigenen Forschung, dass die Sorgen darüber berechtigt waren, und erklärte uns den Treibhauseffekt in einfachen Worten. Das unsichtbare Gas Kohlendioxid lag schon viele Tausende von Jahren wie eine warme Decke über der Erde, denn ohne dieses Gas wäre unsere Erde nur ein unbelebter, minus 18 Grad kalter Eisball. Aber durch das Verbrennen von Kohle und Erdöl gelangte immer mehr Kohlendioxid in die Luft und die Decke wurde immer dicker. Dadurch wurde es auf der Erde immer wärmer.

Von den kontroversen Diskussionen über die Auswirkungen des erhöhten Treibhauseffektes bekamen wir Kinder damals kaum etwas mit. Erst später merkte ich, wie daraus ein Spielball verschiedener Interessen wurde; denn je nachdem, was ein Wissenschaftler beweisen wollte, konnte er die Ergebnisse von Klimaprognosen mit den Eingangsparametern beeinflussen: Bei einem höheren Bedeckungsgrad des Himmels wird mehr Sonnenstrahlung zurückgestreut und die Erde nimmt weniger Energie auf, sodass es sogar kälter werden könnte.

Kurz gesagt waren die Ergebnisse der Modellrechnungen nicht so sicher wie behauptet. Trotzdem, oder gerade deswegen, wurde viel Geld in die Forschung gesteckt. Überall wurden neue Institute gegründet. Jedes Land legte sich Berater zu. In Deutschland entstanden überall Institute für Klimafolgenforschung, und jedes Bundesland hatte eigene Klimaräte.

Als ich noch zur Schule ging, habe ich vieles nicht verstanden, was mein Opa sagte. Vieles wurde mir erst nach seinem Tod klar. Gerade als ich mich mit »work and travel« in Australien herumtrieb, erbte ich unerwartet seinen Wald, weil er überraschend gestorben war. Er hatte früher schon angedeutet, dass nur ein einziges seiner Enkelkinder den Wald bekommen sollte, damit notwendige Entscheidungen schnell und ohne langwierige Abstimmungen gefällt werden konnten.

Bei der Eröffnung seines Testaments wurde mir ein kleines grünes Buch überreicht, das mein Großvater eigens für mich geschrieben hatte. Ich zog mich damals von der Trauergemeinde zurück und las den Text sofort bis zur letzten Zeile durch. Es war Opas Testament als Wissenschaftler:

»Der globale Temperaturanstieg lässt sich nicht begrenzen, solange die Gier der Menschen über die Bescheidenheit siegt. Indem wir in wenigen Jahrzehnten verbrennen, was die Erde in Jahrmillionen angesammelt hat, erzeugen wir uns die Hölle selbst. Durch die Erderwärmung steigt der Meeresspiegel, und der Wasserdampfgehalt der Atmosphäre nimmt zu. Dadurch wird das Wetter verrücktspielen. Hitzewellen werden Tausende dahinraffen, ganze Landstriche werden verdorren, während andere vom Meer überflutet werden. Um die zukünftigen Schäden wenigstens zu lindern, bleibt nur der mutige Schritt, das Wetter zu zähmen und zu steuern. Ein Hamburger Meteorologe mit dem Vornamen Felix wird zeigen, wie sich das Wetter aus dem Weltraum zum Wohle der Menschheit steuern lässt.«

Dieses Buch habe ich sofort in den nächsten Papierkorb geworfen! Ich wurde richtig wütend auf den Verstorbenen, weil er mir eine Aufgabe gestellt hatte, die mein Leben umkrempeln würde und der ich womöglich gar nicht gewachsen wäre.

Lange grübelte ich, aber dann sah ich ein, dass ich meiner Aufgabe nicht entrinnen konnte. Ich ging daher nicht zurück nach »down under«, sondern ergab mich in mein Schicksal, ein Meteorologe zu werden.

Also begann ich in Hamburg zu studieren. Ich freute mich, als ich meine Schulfreundin Linda Hase dort auf dem großen Campus der Uni entdeckte. Sie trug ein rotes Kleid, damit ich sie leichter finden könne, wie sie mir später gestand. Fast so groß wie ich war sie, und sie hatte kurzes, blondes Haar, weil das »so praktisch« sei.

Sie studierte bereits seit zwei Jahren Meteorologie. Ich wusste damals nicht, warum sie ausgerechnet dieses abgelegene Fach gewählt hatte. Erst viel später erzählte sie mir, dass ihr mein Opa einst zugeflüstert hatte, auch ich würde wahrscheinlich Meteorologie studieren. Also fasste sie ihren Entschluss aus Liebe! Ich erinnerte mich noch an unsere erste gemeinsame Reise, als ich Island vorschlug. »Du spinnst wohl, auf Island ist es viel zu kalt, und regnen tut es da auch immer«, wandte Linda ein. Doch ich entgegnete: »Das Islandtief ist schon lange Vergangenheit.«

Ich wusste, dass durch die globale Erwärmung diese Insel im Nordatlantik die frühere Stellung von Mallorca eingenommen hatte, wo es inzwischen so heiß war, dass Strandleben keinen Spaß mehr machte. Ich konnte Linda überzeugen, und sie stimmte einer Islandreise zu.

Die Fahrt dorthin mit einem der neuen Hochseekatamarane war preiswert, weil diese Fahrzeuge wesentlich weniger Treibstoff pro Passagier als Flugzeuge verbrauchten. Es war zwar unbequem, über 40 Stunden in einem Sessel genauso eingepfercht wie im Flugzeug zu sitzen, aber während der Stopovers auf den Shetland- und Färöer-Inseln konnten wir uns die Beine vertreten, bevor wir endlich im Hafen Seydisfjördur auf Island anlegten. Wir zelteten in der Nähe des größten Gletschers Vatnajökull, als plötzlich die Erde bebte. Der Vulkan Grimsvötn rumorte wieder einmal.

»Lass alles stehen und liegen«, rief ich Linda zu, »und komm mit!« Aber nein, sie wollte unser Zelt mit der Erinnerung an unsere gemeinsamen Nächte nicht im Stich lassen. »Renn doch vor, du Bangbüx«, rief sie zurück, während sie mit den besseren Nerven die Heringe aus der dünnen Grasnarbe zog. Als zehn Minuten später eine Kaskade von Wasser, Steinen und Staub aus dem Eis hervorbrach und genau an der Stelle hangabwärts schlitterte, an der wir zuvor noch geschlafen hatten, waren wir zum Glück schon weit genug davon entfernt.

Die Rückfahrt schien uns zwar erneut endlos lange zu dauern, aber wir waren jetzt sehr zufrieden, uns für den Katamaran entschieden zu haben, denn sämtliche Flüge waren wegen der Aschewolke des Grimsvötn gestrichen worden.

Unsere Freundschaft wurde auf eine harte Probe gestellt, als ich bald darauf für zwei Jahre nach Australien ging, wo ich mit »work and travel« mir die Zeit vertrieb, während Linda bereits in Hamburg studierte. Aber durch Opas Fügung kamen wir über die Meteorologie wieder zusammen!

Auch wenn ich es Linda zugesagt hatte, war ich mir damals noch nicht völlig sicher, ob ich tatsächlich dem Wunsch meines Großvaters nachkommen sollte. Daher wollte ich erst einmal mit dem bekannten Professor für Meteorologie Tetzelhof sprechen.

Der alte Tetzelhof war hager und trug einen Vollbart, zum Ausgleich hatte er allerdings keine Haare auf dem Kopf. Er saß fast unsichtbar in einer beißenden Tabakwolke. Selbstverständlich war die Uni eine rauchfreie Zone, aber der Professor hatte den Rauchmelder in seinem Studierzimmer unbrauchbar gemacht. Der winzige Raum war mit Papieren vollgestopft, obwohl Tetzel, wie er genannt wurde, selbstverständlich einen Computer besaß, der eigentlich alles speichern sollte. Es ging das Gerücht, dass er manche Publikationen dem Computer und damit dem Netz vorenthielt, weil einige seiner Untersuchungen von seinen Kollegen belacht wurden.

»So, so, Sie wollen also meteorolügen«, meinte Tetzel in seiner kauzigen Art. »Das wollen neuerdings alle, seitdem wir so schwitzen«, nuschelte er an seiner Pfeife vorbei, womit er auf die Erderwärmung anspielte. »Aber wir können nicht alle gebrauchen!« Mein Herz klopfte wild und mir wurde in dem Qualm fast übel, aber ich schaffte es, eine Story über meinen Großvater loszuwerden, die ich mir zurechtgelegt hatte. Ich erzählte, dass ich meinem Opa auf dem Totenbett hatte versprechen müssen, ein guter Meteorologe zu werden, um der Menschheit zu dienen. Das rührte Tetzel, vielleicht weil er keine Kinder hatte.

Die Besprechung war also gut verlaufen und ich wurde von ihm als Student angenommen. Glücklich atmete ich auf, als ich wieder neben Linda auf dem vertrockneten Campusgras an der frischen Luft stand.

Das Studentenleben war hart. Es gehörte viel Selbstdisziplin dazu, sich viele Stunden am Tag auf Vorlesungen zu konzentrieren und dazu noch die obligaten Tests zu bestehen. Manchmal wollte ich aufgeben, wenn ich wieder einmal eine der vielen Prüfungen nicht bestanden hatte, weil meine Gedanken zu Opas Wald abgeschweift waren und ich mich zum Beispiel an das Baumhaus erinnerte, von dem aus ich Ricken und Kitze bei der Äsung beobachten konnte.

Aber Linda und ich zogen die vorgeschriebenen Vorlesungen zügig durch, wobei ich von ihrem Vorsprung in Kybernetik, Physik, Ozeanographie, Chemie, Chaostheorie und natürlich dem Hauptfach Meteorologie profitierte. Bei den Praktika und Übungen brachte es mir viel Spaß, die leistungsfähigsten Computer der Welt mit Wetterdaten zu füttern. Die Meteorologie hatte in den letzten Jahren enorm an Anerkennung gewonnen, weil die Klimakatastrophe weltweit das alles beherrschende Thema war. Die Meteorologen waren Träger der Hoffnung.

Fast alle Professoren an meinem Institut arbeiteten an Klimamodellen. Einige beschäftigten sich mit der Modellierung der Vergangenheit, um die Verlässlichkeit der Rechenmodelle anhand der eingetretenen Entwicklungen zu testen. Mit den validierten Rechenmodellen sollte dann das Schicksal der Erde vorhergesagt werden.

Wie ich es aus den Vorlesungen verstanden hatte, brauchten die am weitesten fortgeschrittenen Modelle immer weniger fragwürdige Annahmen und Voraussetzungen. Man verwendete fast nur bekannte Parameter wie den Abstand Erde/Sonne, deren Strahlungsintensität und die Land-/Seeverteilung der Erde. Deren Oberflächengestaltung über und unter Wasser sowie die optischen Eigenschaften von Gasen, Eiskristallen und Wassertröpfchen sollten ausreichen. Die Bildung der Wolken und Aerosole, die Entstehung der globalen Zirkulation in der Atmosphäre und in den Ozeanen, die Eis- und Wüstenbildung und schließlich das Klima selbst sollten sich aus den eingebauten physikalischen Gesetzen ergeben. Am wichtigsten für die Temperatur auf der Erde sind neben der Sonneneinstrahlung die so genannten Klimagase, besonders das Kohlendioxid. Aber auch Wasserdampf, Methan und Stickoxide tragen zum natürlichen Treibhauseffekt bei, ohne den die Erde so kalt wäre, dass sich Leben kaum hätte entwickeln können.

Damit standen diese Modelle im Gegensatz zu den Berechnungsverfahren der Wettervorhersage, bei denen die Menge und Dichte der meteorologischen Beobachtungen, die Verarbeitungsgeschwindigkeit und die Anzahl der Gitterpunkte die Qualität des Ergebnisses bestimmten. Darin spielten die Klimagase damals noch keine Rolle.

Aber beiden Modellfamilien war eines grundsätzlich gemeinsam: Sie bildeten die Wirklichkeit nur asymptotisch ab. Dieser Ausdruck bedeutet in der Mathematik: Man kommt dem richtigen Ergebnis immer näher, aber man erreicht es nie. Die Politiker und das Publikum wollten aber endgültige Ergebnisse.

Die Erwärmung der Erde war für jedermann spürbar. Bücher wie »SIX DEGREES« rüttelten Leute wach, die über den Tag hinaus dachten. In diesem Buch beschreibt Mark Lynas die gravierenden Folgen der Erderwärmung in Stufen ab einem Grad von noch ertragbaren Zuständen bis zum katastrophalen Anstieg des Meeresspiegels um 200 Meter bei sechs Grad. Er berichtet über 10 000 Menschen mit Kreislaufproblemen in Paris im Sommer 2003. Die Leichenhallen konnten damals die Hunderte von Toten nicht fassen. Er wusste aber noch nichts über die 6 500 Toten in Tokio 2020, als während der mittäglichen größten Hitze die

Stromversorgung wegen eines Erdbebens zusammenbrach und alle Klimaanlagen ausfielen.

Meine Lehrer entwickelten immer aufwendigere Modelle, die sie auf unzähligen internationalen Konferenzen diskutierten. Es fehlte nur noch ein Gremium, das den Ausstoß an Kohlendioxid ermittelte, den die vielen Reisenden der verschiedenen Institutionen erzeugten. Solche Gedanken schossen mir durch den Kopf, als wieder einmal das Seminar über saisonale Temperaturanomalien in der nördlichen Sahelzone wegen Abwesenheit von Professor Kultermann ausfiel. Die gewonnene Zeit verbrachte ich in der papierlosen Bibliothek und las dort via Bildschirm allerlei zum Thema Klimatologie. Natürlich hätte ich auch zu Hause lesen können, aber die Bildschirme der Bücherei hatten eine bessere Auflösung und die Zugriffszeiten auf die einzelnen Seiten waren kürzer. Der Hauptgrund aber war, dass die Bibliothek eine gute Klimaanlage besaß. In dem großen Leseraum mit den schmalen Tischen war es deutlich kühler als im Freien, wenngleich auch darin immer noch 28 Grad herrschten. Ich fiel mit meinen kurzen Hosen und dem freien Oberkörper keineswegs auf, weil alle Studenten und selbst die Professoren nur knapp bekleidet waren. Opa erzählte mir einmal, dass in seiner Jugend die Klimaanlagen so kalt eingestellt waren, dass man einen Pullover anziehen musste. Aber die Temperaturen auf der Erde stiegen seitdem laufend, und wegen der Knappheit an Elektrizität konnten die Anlagen nur eine geringe Temperaturabsenkung zur Umgebung bringen. Das weltweit angestrebte Ziel einer Erwärmung der Atmosphäre gegenüber 2010 von nur zwei Grad hatte man längst überschritten. Lediglich die

Klimaforscher erinnerten sich noch daran. Für den Norden Deutschlands hatte zwar das Projektbüro des Weltozeanzirkulations-Experiments (WOCE) vorhergesagt, dass der Golfstrom seinen Wärmetransport nach Norden einstellen würde, aber die einmal in Gang gesetzten Massen hatten eine so große Trägheit, dass immer noch wärmeres Wasser nach Nordeuropa gelangte, auch wenn man jetzt gern darauf verzichtet hätte.

Den früher gewohnten Ablauf der Jahreszeiten gab es nicht mehr. Fast regelmäßig war es im Frühjahr ungewöhnlich heiß und zu trocken. Die alte Bauernregel »Ist der Mai kühl und nass, füllt's dem Bauern Scheun' und Fass« galt nicht mehr. April und Mai waren zu warm und zu trocken, verglichen mit früheren Jahren. Die Bäume in Opas Wald trieben früh im Jahr aus, aber dann vertrockneten die Blätter. Die Getreideernten gingen weltweit zurück; gerade in den Hauptanbaugebieten ging die Saat zwar häufig auf, verdorrte aber bald darauf. In den USA gab es wieder Sandstürme wie in den zwanziger Jahren des 20. Jahrhunderts, welche die Städte verdunkelten und jeden Verkehr zum Erliegen brachten.

Auch in Deutschland wurde es zeitweilig verboten, die Felder zu pflügen, um die Oberfläche der Äcker nicht dem Sturm auszusetzen. Damit aber gingen die Erträge zurück, weil das Saatgut nicht zum bestmöglichen Termin ausgebracht wurde.

Im südlichen Schleswig-Holstein, um Pinneberg herum, wurden seit dem 18. Jahrhundert Jungbäume angepflanzt, weil ausreichende und regelmäßige Niederschläge optimal zur Aufzucht beigetragen hatten. Schon lange aber mussten inzwischen alle Baumschulbetriebe ihre Pflanzen künstlich beregnen. Damit konkurrierten sie mit dem Bedarf der Bevölkerung an Trinkwasser, und ein Konflikt zeichnete sich ab.

Als ich alle Übungsscheine und Zwischenprüfungen erfolgreich abgeschlossen hatte, dachte ich über meine Bachelorarbeit nach. Der alte Tetzel war inzwischen an Lungenkrebs gestorben, was bei seinem starken Rauchen zu erwarten gewesen war. Sein Nachfolger war der junge und begabte Professor Früh, der politisch ambitioniert war und sich daher häufiger bei Parteiversammlungen seiner grünen Freunde und in Regierungsgremien als an der Uni aufhielt.

Genau wie mein Großvater vermied auch ich ausgetretene Pfade, und so dachte ich anders über die Erwärmung meiner Heimat als meine akademischen Lehrer. Nicht die höheren Temperaturen waren für mich das wesentliche Problem, sondern die langen Perioden der Trockenheit und die ungleichmäßige Verteilung der Niederschläge. Ich beschloss, die Ursachen dafür zu untersuchen. Über meinen Opa kannte ich noch uralte Baumschuler, die mir versicherten, dass früher regelmäßig jede Woche mindestens ein Tiefdruckgebiet für Regen gesorgt hatte.

Klimatologie sollte ich laut Lehrplan bei Professor Früh hören, aber die meisten seiner Vorlesungen hielt er nicht selbst, sondern stellte sie mit großer Verspätung ins Netz, allerdings immer mit der fast plausiblen Entschuldigung: »Wichtige Regierungsaufgaben.« Als Ersatz holte ich mir

Opas alte Lehrbücher von meiner Mutter, die sie aus sentimentalen Gründen aufgehoben hatte. Darunter war ein Buch von Manfred Müller von der Universität Trier über die Klimazonen Eurasiens. Bei einem Vergleich seiner Werte mit den aktuellen meteorologischen Daten stellte ich fest: Die globale Erwärmung hatte Norddeutschland in die ehemalige Klimazone von Spanien verschoben.

Das war für die Klimatologen keine Neuigkeit, aber ich wollte herausfinden, wann der Übergang erfolgt war und warum jetzt die Niederschläge manchmal ausblieben, sich dann aber örtlich und zeitlich zusammenballten.

Wieder half meine Mutter, und zwar mit einem alten EDV-Stick. Darauf fand ich eine Tabelle und den Schriftverkehr mit Frau Dornenbusch vom Deutschen Wetterdienst, die Opa die monatlichen Werte des höchsten, mittleren und niedrigsten Luftdruckes der Station Hamburg-Fuhlsbüttel überlassen hatte. Außerdem fand ich darauf auch eine Grafik von Opa mit der Überschrift »Jahresmittel des niedrigsten Luftdruckes jedes Monats von 1959 bis 2010«. Ihm waren zwei deutlich unterschiedliche Bereiche aufgefallen: Vor 2000 gingen einzelne Werte gelegentlich bis 986 mb herunter, während sie ab 2000 nicht unter 992 mb fielen. Einem Laien sagen diese Werte nichts, aber ich erkannte ihre Bedeutung. Bis 2000 gab es in Norddeutschland gelegentlich Orkane, wie Opa an den tiefen Luftdruckwerten gesehen hatte. Darunter waren auch die Stürme, die Opas Wald mehrmals verwüstet hatten. Da auf Orkane fast immer eine Familie gemäßigter Zyklone folgte, gab es genügend Niederschlag mit ausgeglichener Verteilung. Von 2000 an aber fehlten die Orkane, und damit nahm auch die Anzahl und Intensität der normalen Tiefdruckgebiete ab.

Weil Professor Früh wieder einmal verreist war, ging ich mit meiner druckfrischen Grafik zu Linda. Da sie sich nicht im Ausland aufgehalten, sondern zielstrebig an ihrer Karriere gearbeitet hatte, war sie bereits Tutorin. Sie studierte gerade eine Wetterkarte von einem lange zurückliegenden Sturmereignis aus dem Jahre 1962, als in Hamburg über 300 Menschen bei einem Hochwasser ertrunken waren. Damals hatten viele Menschen in Behelfsheimen ohne rettendes Obergeschoss in einem Kleingartengebiet gelebt, das überflutet wurde, als die Deiche der Elbe brachen.

Linda blickte nur kurz auf, als ich ihr erwartungsvoll die Grafik der Luftdruckwerte präsentierte.

Ich hatte die Befürchtung, mich mit einer so alten einfachen Grafik bei ihr zu blamieren. Sie schenkte aber dem Papier einen zweiten Blick und fragte mich nach dem Entstehen der Darstellung. Als ich den Ursprung auf meinen Opa zurückführte, blickte sie wiederum auf und ein Lächeln huschte über ihr Gesicht.

Linda arbeitete bereits an ihrer Bachelorarbeit, während ich noch nicht einmal damit begonnen hatte. Als Thema wollte ich die Veränderung der Niederschläge in Norddeutschland bearbeiten. Linda bestärkte mich in diesem Gedanken, nachdem sie die wenigen Zeilen meines Opas gelesen hatte. Professor Früh war wie immer mit allem einverstanden, was ihm keine Arbeit verursachte, er genehmigte meinen Plan nebenbei zwischen zwei Dienstreisen nach Honolulu und Tokio. Ich beschloss, das neue Erscheinungsbild der Regenverteilung in den Zusammenhang mit der aktuellen Erderwärmung zu bringen, und formulierte mein Bachelorthema so: »Veränderung der Niederschlagsanteile von Tiefdruckgebieten, Kaltlufttropfen und konvektiven Schauern im Laufe der letzten fünfzig Jahre«. Diese Aufteilung hatte mir Steinhart, ein richtiger Wetterfrosch vom Deutschen Wetterdienst, nahegelegt, dem der Routinedienst dort zu langweilig geworden war und der daher zur Uni gewechselt war. Herr Steinhart erklärte mir, dass die Warm- und Kaltfront eines Tiefdruckgebietes unterschiedlich regenintensiv seien. Bei einer Warmfront verteilt sich Regen mit kleinen Tropfen über eine größere Fläche, während bei einer Kaltfront heftige Schauer auftreten. In tropischen Luftmassen treten konvektive Schauer und Wärmegewitter auf. Sie erzeugen, lokal eng begrenzt, kurzzeitig sehr große Regenmengen und sind meist die Ursache für vollgelaufene Keller.

Zu diesem Zeitpunkt ahnte ich nicht, dass der nette Herr Steinhart, der mir alles erklärt hatte, noch einmal eine wichtige Rolle in meinem Leben spielen würde. Zunächst einmal beeindruckte Steinhart mich. Nur zehn Jahre war er älter als ich, aber als Meteorologe hatte er schon die Welt gesehen. Für die WMO hatte er in Südamerika und Afrika das Wetterbeobachtungsnetz dichter geknüpft. Er war braungebrannt und relativ groß, mit dunklem Haar und dunkelbraunen Augen, die manchmal merkwürdig zuckten. Er verglich stets das tatsächliche Wetter mit den Vorhersagen und war immer auf dem Laufenden, was die weltweite Entwicklung betraf. Wenn jemand die augenblickliche Temperatur in Nairobi wissen wollte, konnte er sich vertrauensvoll an ihn wenden. Im Gegensatz zu anderen Leuten schien er sich keine Fernsehfilme anzusehen, sondern bei ihm lief Tag und Nacht der Wetterkanal mit den Meldungen »round the world«. Als ich mich allerdings einmal nach seinem Privatleben erkundigte, bekam ich keine Antwort.

Mit der Bachelorarbeit begann für mich eine harte Zeit. Jeden Niederschlag in Hamburg-Fuhlsbüttel musste ich in drei Kategorien einordnen. Dazu analysierte ich die Wetterlage der ungefähr 6 000 Regentage. Ich war täglich schon um 8 Uhr im Institut und verließ es erst um 22 Uhr, wenn ich vom Schließdienst herausgebeten wurde.

Mein Arbeitseifer imponierte Steinhart; wir kamen häufiger ins Gespräch. Er hatte kaum Freunde, darum war das Institut fast so etwas wie seine Heimat und sein Zuhause geworden. Steinhart hatte oft eine abweisende Haltung, und wenn er sich nicht wohl fühlte, verstummten alle Gespräche. Ging es ihm jedoch gut und war auch ich spät abends noch im Institut, tauschten wir manchmal unsere Gedanken aus. Uns wurde klar, wie wichtig Tiefdruckgebiete für eine gleichmäßige Niederschlagsverteilung waren und dass man noch viel zu wenig über ihre Entstehung wusste.

Nach zwei arbeitsreichen Jahren konnte ich das Ergebnis meiner Bemühungen, die weit über eine übliche Bachelorarbeit hinausgingen, zusammenfassen. Die genauen Zahlen habe ich vergessen, aber es ergab sich eine eindeutige Tendenz: Der so genannte Landregen, der den Pflanzen nützt und den Boden nicht wegschwemmt, wurde selten.

Dagegen stürzten immer häufiger geballte Wassermassen auf kleiner Fläche nieder, die teilweise katastrophale Überschwemmungen auslösten. Noch verheerender aber war der allgemeine Rückgang der jährlichen Regenmengen in manchen Gegenden.

Diese Ergebnisse deckten sich mit den Erfahrungen der Baumschulen- und Waldbesitzer und der Landwirte. Wochenlange Dürren wurden unterbrochen durch sintflutartige Niederschläge, die dem Ernteergebnis mehr schadeten als nützten.

Selbstverständlich gab ich den Entwurf meiner Arbeit Linda zu lesen. Sie konnte die vorgestellten Ergebnisse nachvollziehen, aber dann bemerkte sie: »Was nützt es, wenn wir genau erklären, was in der Atmosphäre vorgeht? Damit fällt kein Regentropfen mehr an der Stelle, wo er benötigt wird! Wir sollten nicht nur beobachten, sondern helfen.« Aber als ich nach dem Wie fragte, zuckte sie nur mit den Schultern.

Der Mangel an gleichmäßigem Regen führte nämlich zu ernsthaften Versorgungslücken, und es zeichneten sich selbst in den reichen Industrieländern Hungerkatastrophen ab. Darum konnte den Bewohnern Afrikas, die schon seit 2011 unter anhaltenden Dürren litten, auch bei gutem Willen nicht mehr mit Nahrungsmittelüberschüssen wie in früheren Jahren geholfen werden. An mehreren Orten der Erde gab es Kämpfe um Wasser. Hunger und Durst ließen die Menschen so irrational handeln, dass sie sich gegenseitig ihre Staudämme zerstörten, sodass ihre letzten Wasservorräte nutzlos ins Meer abflossen. Die Welt befand sich am Rande der Anarchie.

Eines Abends, es war schon sehr spät, erzählte ich Linda bei Kerzenlicht von den Gedanken meines Opas zur Wettersteuerung.

»Behalt das bloß für dich, wenn du hier noch länger arbeiten willst«, sagte die trotz später Stunde plötzlich wieder hellwache Linda. »Das Thema darf man in unserem Institut nicht anschneiden. Frag nicht, warum; das ist Politik, ich habe mir damit schon selbst einmal den Mund verbrannt.«

Sie fuhr fort: »Alle hier haben Angst vor der öffentlichen Meinung. Sie glauben, dass wir gesteinigt werden, wenn wir auch nur darüber nachdenken, wie das Wetter modifiziert werden könnte. Manche Kollegen vergleichen die Steuerung des Wetters mit der Freisetzung der Atomenergie und erwarten Kriege um Regenwasser. Aber das Schlimmste ist, dass bereits jetzt einige Staaten ihren Nachbarn Wasser stehlen, indem sie über ihrem Land die Wolken mit Silberjodid impfen.«

Erschrocken durch diese Reaktion ließ ich das Thema fallen und zog mich schnell in mein Zimmer zurück. Dort fand ich eine Nachricht von meiner älteren Schwester Helena, die mich an Opas Geburtstag erinnerte; denn auch in diesem Jahr wollten sich wieder alle seine Enkelkinder an diesem Tag in seinem Wald treffen, wie es längst Tradition war. Auch Louise aus Australien versprach zu kommen.

Meine Cousine Louise denkt in Australien an die Hölle

Ich heiße Louise und bin eine Cousine von Felix und Helena. Genau wie die beiden habe ich blaue Augen, aber meine Haare sind leicht rötlich. Dazu habe ich von meiner Mutter ihre helle Haut geerbt, die in der Sonne leicht verbrennt. Am 12.4.2010 bin ich in Berlin geboren und meine Eltern haben mich Louise getauft, weil dieser Name auf Englisch und Deutsch gleich geläufig ist und gleich geschrieben wird. Meine Mutter ist Opas zweite Tochter Julia. Mein Vater kommt aus Australien. Er muss meine Mutter sehr geliebt haben, denn ihretwegen hat er Sydney verlassen, wo sie sich kennen gelernt hatten. Ich habe also eine Muttersprache und eine Vatersprache; beide Eltern rufen mich Louise, aber mit unterschiedlicher Aussprache! Als kleines Mädchen bin auch ich manchmal in Opas Wald gewesen, aber nicht so häufig wie Felix und Helena.

Meine Familie lebte erst in Berlin in der verkehrsreichen, lauten Laubacher Straße. Mir fiel schon im Kindergarten und in der Schule auf, dass ich eine Sonderstellung hatte, weil mein Vater Ausländer war. Aber mein Vater war ein Mensch wie alle anderen und ich begriff nicht, wieso ich deswegen anders behandelt werden sollte. Aufgrund dieser Erfahrung machte ich mir schon früh Gedanken über das Zusammenleben von Menschen verschiedener Herkunft.

Als ich dreizehn Jahre alt war, zogen meine Eltern wieder nach Australien, weil die japanische Firma, bei der meine Mutter arbeitete, in Europa ihre Niederlassungen schloss. Wegen der häufigen Erdbeben wurden in Japan alle Kernkraftwerke abgeschaltet. Da das Land aber weder Kohle noch Erdöl besaß, wurde die Erzeugung von Elektrizität so teuer, dass die Industrie nicht mehr preiswert produzieren konnte. Als man meiner Mutter anbot, ihre bisherige Arbeit in Sydney fortzuführen, musste sie annehmen, weil sie sonst ein Freeworker geworden wäre. Ich bekam überhaupt kein Heimweh nach Deutschland, ganz im Gegensatz zu meinem Vater, der ja aus Sydney stammte, sich aber sehr gut in Berlin eingelebt hatte. Ich fand es toll, auf einem fremden Kontinent neu anfangen zu dürfen.

Aber die grelle Sonne von Sydney warf auch Schatten. Die globale Erwärmung der Erde traf Australien besonders hart. Dieser Kontinent war seit Urzeiten sehr trocken, weil hohe Gebirge fehlen, an denen feuchte Luftmassen abregnen können; Waldbrände waren ein wiederkehrender natürlicher Vorgang. Das Pflanzenleben hatte sich schon weit vor der aktuellen Erderwärmung angepasst: Einige Eukalyptusbäume zum Beispiel müssen erst brennen, bevor sich ihre Samenkapseln öffnen.

Kurz nach unserer Ankunft in Perth wurde das Wasser für Privathäuser rationiert, weil Landwirtschaft und Industrie Vorrang hatten. In den großen Städten spielte sich das Leben schon lange nicht mehr im Freien ab, sondern nur in den riesigen Shopping Malls. Dort wurden die Temperaturen mit leistungsstarken Klimaanlagen erträglich gehalten.

Wegen der Haie und Quallen badeten nur unbedarfte Touristen im Meer. Die Bewohner von Perth schwammen in Freibädern, die mit gefiltertem und gekühltem Salzwasser gefüllt waren. Meine Mutter staunte darüber immer aufs Neue, denn in Deutschland war ein geheiztes Bad ein Luxus, und hier war es umgekehrt notwendig, Wasser zu kühlen!

In Australien war mein Leben nicht so einfach wie in Berlin, denn meine Schulkameraden mobbten mich wegen meines deutschen Akzents. Um meine Aussprache zu verbessern, belegte ich einen Kurs für freie Rede. Darin war ich ein Naturtalent! Das ist allerdings kein Wunder, denn in meiner und vor allem in der Familie meiner Mutter wurde fast pausenlos geredet. Als Kind hatte meine Mutter sich, wenn sich am Tag nichts Wichtiges ereignet hatte, einfach Geschichten ausgedacht, nur um abends am Tisch damit auftrumpfen zu können.

Hier in Australien konnten wir nicht gemeinsam zu Abend essen, weil mein Vater noch bis in die Nacht hinein arbeiten musste. Meine Mutter kümmerte sich um mein Brüderchen, denn inzwischen war der kleine Nathan geboren worden.

Als einziges Kind in meiner Klasse hatte ich keinen Fernseher in meinem Zimmer. Ich besaß auch kein iPhone, sondern nur ein altmodisches Handy. Wenn ich im Wohnzimmer den Kommunikator für eine besondere Sendung anschalten wollte, musste ich das immer erst stichhaltig begründen. Aber dafür lagen bei uns stets drei aktuelle Zeitungen, darunter sogar die Frankfurter Allgemeine Zeitung aus Deutschland.

Durch meine Erfahrungen in Berlin interessierte ich mich für die Regeln des Zusammenlebens von Menschen; ich brannte darauf, einer Partei beizutreten. Meine Eltern hatten keine besondere politische Richtung, aber mein Opa war überzeugter Liberaler gewesen. Daher ging ich mit fünfzehn Jahren zuerst zu einer Versammlung der Liberal Party of Australia. Es herrschte eine gespannte Atmosphäre, denn es gab einen erbitterten Konflikt zwischen der etablierten Führung und einigen jungen Leuten, die alles anders machen wollten. Mit Mason, einem smarten, braun gebrannten Businessman im dunklen Anzug, kam ich ins Gespräch; »Die Alten müssen weg, sie sind verkalkt!«, war seine Ansicht. Was er aber besser machen wollte, sagte er nicht. Vermutlich hatte er dazu keine Idee, sondern wollte nur selbst an die Macht kommen. Ich habe mich bald von den Liberalen zurückgezogen, weil ich keinen wesentlichen Unterschied zu den anderen Parteien feststellen konnte, nachdem ich auch Sitzungen der Labor Party, der National Party und der Australian Democrats besucht hatte. The Greens waren damals noch bedeutungslos, aber in Australien führten ihre politischen Ziele über Umweltprobleme hinaus auch auf andere Gebiete, wobei mich die Basisdemokratie (Grassroots Democracy) besonders faszinierte. Insgesamt haben mich letztlich aber alle Parteien enttäuscht.

Als ich 21 Jahre alt war und einige Trimester Journalismus studiert hatte, begann ich, für die »Tribune International« in Sydney zu schreiben. Vorsichtig vertrat ich die Meinung, dass die Führer der politischen Parteien mehr an sich selbst als an die Allgemeinheit dächten und daher nicht in der Lage seien, den Staat verantwortungsvoll zu lenken. Im Kampf um die Macht blockierten sich die Parteien gegenseitig. Notwendige und von der Mehrheit geforderte Entscheidungen gegen den im Weltvergleich überdurchschnittlichen Kohlendioxidausstoß der Kohlekraftwerke wurden nicht getroffen. Damit gab es nur zwei Möglichkeiten: Entweder erschien ein so genannter »starker Mann«, also ein Diktator, oder es musste eine neue Bewegung, unabhängig von den etablierten Gruppen, entstehen.

Die Beschäftigung mit der christlichen Religion brachte mich auf den Gedanken, dass die drastische Erderwärmung vielleicht eine Vorhölle für die sündige Menschheit sei. Durch das Internet hat heute jeder die Möglichkeit, seine Gedanken zu verbreiten und Gleichgesinnte zu finden. Als ich im Netz einmal meine Idee über die Erderwärmung als Hölle zur Bestrafung der sündigen Menschheit verbreitete, bekam ich viel Zustimmung. Am liebsten wäre ich wie Moses einmal für vierzig Tage in eine Wüste gegangen, um darüber zu meditieren.

Rettung aus dem Weltraum?

Stolz war ich, Felix Hinzpeter! Alle Bachelorprüfungen hatte ich mit Auszeichnungen bestanden und konnte mich neben den Vorlesungen schon nach einer Masterarbeit umsehen. Auch Linda hatte endlich ihre Arbeit abschließen können, und so standen wir beide gleichzeitig vor der Frage: »Was nun?« Ich wagte nicht das Wort Wettersteuerung auszusprechen, aber Linda ahnte, dass mich diese Frage beschäftigte. Von sich aus bemerkte sie: »Alle Arbeitsgebiete unseres Faches sind ausreichend bearbeitet. Als einzige Herausforderung bleibt die Steuerung des Wetters. Auch auf die Gefahr hin, entlassen zu werden, müssen wir daran arbeiten. Wir sind es dem Staat schuldig, der uns bezahlt! Unseren Chefs sagen wir erst einmal nichts.«

Die Gitterweite für die Zehn-Tage-Vorhersage des Wetters auf dem ganzen Globus konnte auf eine bislang nicht erreichte enge Maschenweite von 500 Metern mal 500 Metern verfeinert werden, weil mit optischen Rechnern die Geschwindigkeit der neuen Maschinen noch weit über die bereits schnellen »massiv-parallel-Rechner« stieg. Es gelang, die Zyklogenese räumlich so weit aufzulösen, dass man die Keimzelle eines Tiefdruckgebietes zeitlich und räumlich lokalisieren konnte. Es war jetzt möglich festzustellen, wo ein Tief geboren wurde. Aber warum es genau dort entstand, war noch immer unklar.

Als der Computer wieder einmal defekt war, stöberte ich in den Papierarchiven des Instituts. Dabei fand ich eine uralte Veröffentlichung aus Frankreich zum Thema Zyklogenese. Dort hatte man in der Mitte des vorherigen Jahrhunderts großflächige Feuer am Erdboden entzündet, um Gewitter oder Tiefdruckgebiete auszulösen. Diese Versuche waren schließlich erfolglos abgebrochen worden, weil man die Physik der Zyklonen nicht verstand und weil die Datenverarbeitung noch nicht weit genug entwickelt war, um die Experimente mit der Großwetterlage in Verbindung zu bringen. »Aber wodurch wird eine Zyklone ausgelöst?«, grübelte ich, als Linda mit mir in einer der kurzen Pausen auf dem vertrockneten Rasen vor dem Institut lag. Dann schweifte ich ab und überlegte, ob wir uns wieder einmal in meinem Wald entspannen sollten. Dabei schoss mir ein Gedanke durch den Kopf: Hatte Opa nicht in dem Buch, das ich nach seiner Trauerfeier im Jahre 2020 verschlungen hatte, von Eingriffen aus dem Weltraum geschrieben? Mit großen Spiegeln könnte man vielleicht dem Erdboden genügend Energie zuführen, um ein Tiefdruckgebiet auszulösen! »Linda, hör mal zu!«, rief ich lauter als gewöhnlich. »Spiegel im Weltall, das ist die Lösung!« »Du bist verrückt, wie immer«, antwortete sie: »Um einen Wirbel auszulösen, genügt es nicht, an einer Stelle Wärme zuzuführen; man müsste gleichzeitig an einer benachbarten Stelle kühlen.« Aber dann wurde sie auf einmal still und dachte lange nach. Und nach einer halben Stunde fing sie an zu dozieren:

»Jedes Tiefdruckgebiet beginnt mit einem Wirbel. Dieser Anfangsdrehimpuls kann von dem Flügelschlag eines Schmetterlings ausgehen oder von dem mächtigen Wirbel hinter einem Gebirgsmassiv. Nur wenn für diesen Startimpuls ‚Nahrung' vorhanden ist, kann sich daraus ein Tiefdrucksystem entwickeln. Es ist wie bei einem Feuer. Dabei muss es eine Zündquelle geben und dann muss das Feuer Nahrung haben, sonst erlischt es wieder. Die Nahrung für eine Zyklone kann die potentielle Energie an der Grenze zwischen kalten, schweren und warmen, leichten Luftmassen sein. Es reicht aber auch, dass latente Wärme in Form von Wasserdampf vorhanden ist, die beim Kondensieren frei wird. Überhaupt ist Wasserdampf der Haupttreibstoff für jede Zyklone.« Mit dem Ausruf: »Ich brauche jetzt eine Portion Müsli!«, schloss sie ihre Überlegungen ab.

Nachdem sie sich gestärkt hatte, kam sie zu mir zurück und wir gingen zum Rechner. Willkürlich simulierten wir in unserem Vorhersagemodell an verschiedenen Stellen der Polarfront auf einem Quadrat von 500 Metern mal 500 Metern eine erhöhte Sonneneinstrahlung. Dann beobachteten wir die weitere Entwicklung. Meistens passierte gar nichts, aber bei einigen Versuchen bildete sich plötzlich ein Tiefdruckgebiet, das ohne die Energiezufuhr nicht entstanden wäre, und zwar an einer Stelle, wo wir es nie erwartet hätten. Nur dank der modernen schnellen Rechner konnten wir bereits nach zwanzig Minuten die Entwicklung der nächsten Tage erkennen. Wir vergaßen Essen und Trinken und testeten die Idee die ganze Nacht hindurch mit vielen Rechenläufen. Dabei simulierten wir immer wieder an verschiedenen Stellen des Gitternetzes eine verstärkte Sonneneinstrahlung und untersuchten, wie damit der Ablauf des Wetters beeinflusst wurde. Wir schätzten ab, dass wir einen Spiegel im All von einem Quadratkilometer bräuchten, der eine Energie von 1 400 Megawatt auf eine begrenzte Fläche der Erdoberfläche lenken würde. Das entspricht der Leistung eines Atomkraftwerkes. Unter Berücksichtigung von Verlusten durch Streuung in der Atmosphäre könnten damit je Stunde ca. 1 000 Tonnen Wasser verdampft oder eine 500 Meter hohe Luftschicht in Bodennähe um circa vier Grad erwärmt werden. Damit wird der »Flügelschlag eines Schmetterlings« bei weitem übertroffen und bei einer latent instabilen Atmosphäre in jedem Fall eine Zyklone ausgelöst.

Allerdings sahen wir auch gleich die Schwierigkeiten. Von geringerer Bedeutung war, auf welchen Untergrund das gespiegelte Sonnenlicht trifft. Über Land wird mehr warme Luft erzeugt, während über Wasser mehr Wasserdampf entsteht. Beides erzeugt eine Störung in der Frontalzone.

Ein größeres Problem ist die Steuerung des Spiegels, der genau auf den Zielpunkt ausgerichtet werden muss, an dem eine Wellenstörung ausgelöst werden soll. Er muss präzise nachgeführt werden, denn durch die Drehung der Erde würde ein feststehender Lichtfleck von einem Kilometer Durchmesser in mittlerer Breite in drei Sekunden vorbeihuschen. Außerdem muss auch die Eigenbewegung des Spiegels im Raum berücksichtigt werden, der ja eine Umlaufbahn um die Erde wie jeder Satellit beschreibt.

In unseren Berechnungen bevorzugten wir eine nächtliche Bestrahlung, weil dann die Strahlungsbilanz des Untergrundes normalerweise negativ ist und ein deutlicherer Kontrast gegenüber der Umgebung als tagsüber entsteht.

Unsere Köpfe glühten und die gemeinsame Begeisterung versetzte uns in eine euphorische Stimmung. Schließlich stellten wir fest, dass man eine Kühlung an einem benachbarten Ort nicht benötigte. Entscheidend war es, die »richtige Stelle« zu finden. Die liegt immer in einer »Frontalzone«, in der z. B. kalte Polarluft an warme und feuchte Luft aus den Tropen grenzt. Wenn hier an der kalten Seite Wärme zugeführt wird, bildet sich eine »Wellenstörung«, die in der im Allgemeinen westlichen Strömung mitgeführt würde und sich zu einem Tiefdruckwirbel entwickelt.

Der Temperaturunterschied der beiden Luftmassen bestimmt die Wachstumsgeschwindigkeit der Zyklone. Da die Temperaturen in den beiden Luftmassen und die Windgeschwindigkeit an der Luftmassengrenze von Wettersatelliten gemessen werden, lässt sich vorausberechnen, wo und wann das erzeugte Tiefdruckgebiet sich so weit entwickelt hat, dass es Niederschlag erzeugt. Damit würden wir mit dem Geburtsort bestimmen können, wo später Regen und Sonnenschein »gemacht« wurden! Ja, wir stellten sogar fest, dass wir in gewissen Grenzen auch die Zugbahnen von Tiefdruckgebieten und sogar Hurrikanen mit dem gespiegelten Sonnenlicht beeinflussen konnten, genau wie es bei einem Kreisel geschieht, den man an einer Seite antippt.

Wir waren jetzt in einem Dilemma: Einerseits wollten wir unsere Entdeckung in alle Welt hinausschreien, andererseits war uns klar, dass wir uns damit viel Ärger einhandeln würden, denn wir wussten, dass die Wettersteuerung ein Tabu war. Die Meteorologische Gesellschaft wollte mit diesem Thema nicht in Verbindung gebracht werden, weil sie Angst vor der öffentlichen Meinung hatte.

Darum verrieten wir den Professoren am Institut kein

Sterbenswörtchen. Die hatten ohnehin alle ihre eigenen Projekte und kümmerten sich nicht viel um diejenigen ihrer Kollegen.

Nur Steinhart wunderte sich über unseren zusätzlichen Arbeitseifer. Bislang hatten wir gelegentlich mit ihm über unsere Überlegungen gesprochen, aber jetzt wurden wir auch ihm gegenüber schweigsam. Steinhart kam vom Wetterdienst und gab an der Uni Kurse in synoptischer Meteorologie. Im Gegensatz zu den Professoren war er ein Praktiker der Wettervorhersage. Er konnte sich den alten Kalauer von der »Wettersage« nie verkneifen, und wenn er eine Handprognose unterschrieb, zeigte er rechts unten auf seinen Namen mit der Bemerkung: »Das Einzige, was stimmt!« Weil Steinhart nicht promoviert war, fühlte er sich den Professoren und promovierten Mitarbeitern gegenüber unterlegen und hatte damit ein Problem.

Steinharts Jugend war hart gewesen. Er war mit drei anderen Waisen bei Pflegeeltern aufgewachsen, die sich um die Kinder nur deshalb gekümmert hatten, weil der Staat sie dafür bezahlt hatte. Aus Habsucht hatten sie selbst beim Essen gespart und Steinhart hatte oft gehungert. Wenn er jetzt Lebensmittel einkaufte, musste er sich immer bewusst zusammennehmen, um nicht zu viel einzupacken. Obwohl stets knapp bei Kasse, ließ er sich teure Maßanzüge anfertigen, weil er früher nur Sachen aus dem Altkleidercontainer hatte tragen müssen.

Von seinen Kollegen am Institut wurde er auch ohne Promotion vollkommen akzeptiert – wegen seines unglaublichen Gedächtnisses für einzelne Wettersituationen der vergangenen Jahrzehnte. Aber bei gemeinsamen Veröffentlichungen des Instituts stand sein Name meist hinten, weil das Alphabet es so wollte und weil sein Anteil nicht überragend war. Er hatte den sehnlichsten Wunsch, auch einmal als Autor bei einer wichtigen Veröffentlichung ganz vorne zu stehen.

Da die Ergebnisse aller Rechenläufe automatisch archiviert wurden, war es sehr leicht für Steinhart nachzusehen, woran wir gearbeitet hatten. Allerdings verstand er nicht den Zweck der Berechnungen. Weil er von Linda keine Auskünfte bekam, beschloss er, sich an mich zu wenden. Als Linda sich einmal wegen ihres Asthmas zur Untersuchung im Krankenhaus aufhielt, setzte Steinhart sich in der Mensa wie zufällig neben mich und stöhnte über das langweilige Essen. Dabei ließ er einfließen, dass ein befreundeter Jäger ihm eine Rehkeule überlassen habe. Bei diesem Wort lief mir das Wasser im Munde zusammen, denn Rehbraten kannte ich noch von meinem Großvater, der auch Jäger gewesen war und gelegentlich Wild nach Hause gebracht hatte. Oma hatte dann den Braten meisterlich zubereitet. Dazu hatte es immer Preiselbeeren gegeben. Als Steinhart davon sprach, dass diese auch bei ihm dazugehörten, konnte ich seiner Einladung nicht widerstehen und sagte: »Wir kommen gern.« Zu meiner Verwunderung wollte Steinhart aber Linda nicht dabeihaben und sprach von einem Essen unter Männern. Er bestand sogar darauf, dass ich seine Einladung Linda gegenüber verheimliche. Aus Neugier ließ ich mich auf diese Bedingung ein.

Mit einem der üblichen roten Leihfahrräder fuhr ich zu seinem Hochhaus und meldete mich bei der Concierge.

Steinhart holte mich an der schlichten Eingangstür ab. An seinem braunen Cordanzug nahm ich bereits einen leichten Bratengeruch wahr. Im Aufzug sprachen wir beide kein Wort, denn wir waren eingepfercht zwischen vielen Menschen, von denen die meisten leicht säuerlich riechende Freeworker waren.

Steinharts Einzimmerwohnung lag fast im obersten Stockwerk und war nach Norden hin gerichtet.
»Donnerwetter!«, sagte ich, »wie sich die Verhältnisse geändert haben! Früher bevorzugten alle Leute Südlagen, heute aber ist die Sonne unser Feind.«
»Nun ja, zu irgendetwas muss unser Beruf doch gut sein«, antwortete Steinhart.
Neugierig schaute ich mich in dem spärlich möblierten Wohnraum um. Wie üblich war die größte Wand gegenüber der Tür frei von allen Bildern und Möbeln. Daraus schloss ich, dass dies die Kommunikatorfläche war, auf der Fernsehen, Video und Internet in maximaler Größe möglich waren. Das Steuergerät hatte ich noch nicht entdeckt, aber oft war es irgendwo versteckt und einfach herausklappbar. In der Küchenzeile entdeckte ich einen neuen Niedrigtemperaturherd, bei dem Fleisch in einem Kunststoffbeutel bei nur 60 Grad langsam gegart wurde. »Einen solchen wünscht sich Linda auch«, dachte ich, als mir der Gastgeber wortlos ein Glas echten Rotweins in die Hand gedrückt hatte.

Dann erkundigte ich mich: »Wieso riecht es hier nach Braten, obgleich Sie einen NT-Herd haben?«
»Von meiner geschiedenen Frau habe ich gelernt«, ant-

wortete Steinhart, »dass das Aroma eines Bratens eben beim Braten entsteht. Deshalb brate ich das Fleisch immer erst an, bevor es in den Kochbeutel kommt.«

Für die Gefühle anderer Menschen war ich nie besonders sensibel. Dennoch merkte ich, wie Steinhart zusammenzuckte, als er von seiner geschiedenen Frau sprach. Was mochte da wohl geschehen sein?

Gleichzeitig war ich überrascht, dass etwas so Wesentliches wie sein Personenstand mir in einer Nebenbemerkung mitgeteilt wurde. Ich war andererseits erleichtert, dass keine weinerlichen Bekenntnisse eines unverstandenen oder verlassenen Ehemannes zu befürchten waren. Nebenbei bemerkte ich, dass Steinhart sein Weinglas nicht am Stiel, sondern am Kelch anfasste. Mir selbst war es aufgrund der Erziehung durch meine Eltern nicht möglich, ein Glas anders als am Stiel zu halten. Nach dem vorzüglichen Essen gab es Flugmango als Nachtisch. Diese Früchte kamen mit dem Flugzeug reif aus Brasilien und waren daher besonders teuer. Schließlich begann Steinhart über seine Arbeiten beim Wetterdienst in Brasilien zu erzählen, und beiläufig erkundigte er sich, wie der Stand von meinen und Lindas Arbeiten sei. Ich ging nur vage auf diese Fragen ein, schöpfte aber keinen Argwohn, dass diese Veranstaltung nur dem Zwecke des Aushorchens diente. Als Steinhart mit seinen Fragen keinen rechten Erfolg hatte, schlug er vor, wir sollten es uns auf der großen Wohnlandschaft bequem machen. Ich hatte nichts dagegen, einen uralten Film auf der freien Wand anzusehen. Es war ein Schwarz-Weiß-Film mit dem Titel »Casablanca«. Von diesem legendären Film hatte ich bereits von meinen Eltern gehört. Die Geschichte dieser unbedingten Liebe ergriff selbst mich. Als anschließend Steinhart aber ohne Rückfrage einen harten Pornofilm nachlegte, verabschiedete ich mich schnell, nicht ohne mich artig für den Braten bedankt zu haben, »den ich dann doch noch gerochen« hatte. Ich fürchtete, jetzt womöglich in Steinhart einen Feind zu haben, denn inzwischen war mir klar, warum er mich eingeladen hatte, und dass er über mein Schweigen enttäuscht war.

Am nächsten Morgen erschien ich ausgeschlafen wie immer im Institut. Linda gegenüber erwähnte ich zwar, dass ich bei Steinhart gewesen war, sagte aber kein Wort über Steinharts Filme und seine neugierigen Fragen. Ich war froh, dass ich nichts über Lindas und meine Forschungen ausgeplaudert hatte.

Wir überlegten immer wieder, ob und wann wir unsere Forschungen den Kollegen mitteilen und alles veröffentlichen sollten. Aber wir wollten vorsichtshalber noch weitere Testläufe machen und beschlossen daher, die Rechnungen weiterhin geheim zu halten. Wir mussten noch untersuchen, wie die Zuggeschwindigkeit einer Zyklone von der Großwetterlage abhing. Trotz intensiver Anstrengungen war diese Frage bisher nur unzureichend gelöst.

Für unsere Untersuchungen benötigten wir weit mehr Rechenzeit am zentralen Computer, als uns zustand. Darum machte Linda etwas, das sie von Veteranen der EDV aus frühen Zeiten gelernt hatte, als die Rechner noch so langsam arbeiteten, dass sie ständig voll ausgelastet waren. Da wir überwiegend nachts forschten, waren wir meistens im

Institut allein. Wenn dann ein langer Rechenlauf eines Kollegen überraschend abbrach, konnte der Rechner mit einem eigenen Lauf neu gestartet werden. Linda kannte zahlreiche Tricks, um einen »feindlichen« Lauf abstürzen zu lassen. Es genügte früher, ein Klimagerät mit einem hohen Stromverbrauch mehrmals ein- und auszuschalten, dann setzte der Stromstoß in der Leitung den Rechner außer Betrieb. Heute sind solch läppische Spielereien nicht mehr möglich. Aber Linda kannte zwei Schalter der Klimaanlage, an die man »versehentlich« kommen konnte, um einen Abbruch zu erzeugen. So stahlen wir in einem beträchtlichen Maße Rechenzeit von Kollegen. Um nicht aufzufallen, ließen wir in den erzwungenen Lücken auch gelegentlich Programme von anderen Mitarbeitern laufen oder fütterten den Institutscomputer mit zufälligen Daten, deren Quelle man nicht auf den ersten Blick erkennen konnte.

Steinhart wollte unbedingt wissen, woran Linda und ich arbeiteten, er zerbrach sich den Kopf über unsere Berechnungen. Die anderen Kollegen hingegen nahmen die Störung ihrer Rechenläufe als normal hin; sie interessierten sich kaum für unsere Arbeit. Steinhart aber platzte schier vor Neugier und warb mit allen möglichen Köstlichkeiten um mich. Er war zwar nicht besonders intelligent, dafür umso beharrlicher. Nach einigen Tagen merkte er, dass unsere Berechnungen am Computer des Institutes teilweise nur Spielereien ohne Bedeutung waren, aber er ahnte, dass hinter anderen Rechenläufen ein Geheimnis stecken musste. Wenn sich wirklich etwas Großes darin verbarg, wollte er sein Wissen nicht mit anderen Kollegen teilen; also behielt er seinen Verdacht für sich.

Steinhart hatte aus seiner Beamtenzeit beim Wetterdienst noch Verbindungen zum Verfassungsschutz und rief dort einen alten Bekannten an. Er brauchte nur eine Andeutung über terroristische Aktivitäten fallen zu lassen, und sofort wurde »sein« Mann hellwach, weil es entgegen der öffentlich verbreiteten Hysterie für ihn nichts zu tun gab. Sofort linkte sich der Bekannte unbemerkt in den Computer des Instituts ein, wusste aber mit den Daten nichts anzufangen. Steinhart deutete eine Verschlüsselung an, und die mächtigen Computer in der Zentrale des Bundesnachrichtendienstes in Berlin sichteten alle Rechenläufe von Linda und mir. Obwohl die Leute des BND keine Ahnung von Meteorologie hatten, konnten sie immerhin die unsinnigen von den zielgerichteten Rechenläufen trennen und Steinhart einen Hinweis auf lokal eng begrenzte Temperaturanomalien in Bodennähe geben.

Nach vierzehn Tagen hatte Steinhart Lindas und meine Überlegungen nachvollzogen. Wir hatten inzwischen weitere Fortschritte gemacht und die Zyklogenese vollständig auf das Meer verlegt. Die gemeinsame Arbeit brachte es mit sich, dass sich unser Lebensrhythmus vollständig synchronisierte. Wir nahmen alle Mahlzeiten zusammen ein, machten zur selben Zeit Körperpflege und entspannten uns gemeinsam, manchmal vor dem Kommunikator. Inzwischen konnten wir auch die Laufrichtung der Zyklonen beeinflussen und brauchten dafür nicht einmal viel Energie, denn es kam nur auf die richtigen Stellen für die umgelenkte Sonnenstrahlung an. Normalerweise bildeten sich die meisten Tiefdruckgebiete über dem Meer. Wir fanden heraus, dass der dort durch zusätzliche Bestrahlung erzeugte Wasserdampf wie eine lokale Erwärmung auf Land wirkt; denn Wasserdampf ist der Treibstoff der großen atmosphärischen Wirbel.

Als Steinhart schließlich unsere Überlegungen nachvollzogen hatte, war er wie elektrisiert. Das war der Stoff für eine Veröffentlichung, mit der Weltruhm zu erlangen war. Ja, er träumte bereits von einem Nobelpreis, der bisher noch nie einem Meteorologen verliehen worden war. Nur der Engländer Edward Victor Appleton hatte einen Preis für die Entdeckung einer ionisierten Schicht in der oberen Atmosphäre bekommen, aber er war eher Physiker als Wetterkundler. Sofort beschloss Steinhart, an den Forschungsergebnissen zu schmarotzen. Aber wie? Zunächst beobachtete er unsere Aktivitäten am zentralen Computer ganz genau, denn Beobachten war seine Stärke. Schon nach einer Woche war ihm klar, dass wir den anderen Kollegen massiv Rechenzeit stahlen. Er notierte sich jeden einzelnen Fall mit Datum, Uhrzeit und Betroffenen. Mit dieser Liste erschien er eines Morgens unangemeldet in Lindas Studierzimmer, wo sie gerade mit mir die neuesten Ergebnisse durchsprach. Er legte seine Notizen ohne Kommentar auf den Tisch. Ich erkannte sofort, worum es Steinhart ging und was er verlangte, ohne dass er ein Wort sagen musste. Er wollte eindeutig teilhaben an dem Ruhm, den unsere Entdeckungen wahrscheinlich mit sich bringen würden.

Ich war wegen dieser Erpressung wie vor den Kopf geschlagen, und mir rutschte das Wort »Schwein« vernehmbar heraus. Steinhart quittierte es mit einem verkniffenen Lächeln. Er war heilfroh, dass er ohne viele Worte verstanden worden war. Ich wurde rot vor Wut, auch weil ich fürchtete, von Linda des Verrates verdächtigt zu werden, weil ich ja mit dem so genannten »Schwein« gelegentlich mehr als nur Höflichkeitsfloskeln ausgetauscht hatte. Aber Linda kam zum Glück gar nicht auf diesen Gedanken.

Nach quälenden Überlegungen während der schlaflosen nächsten Nacht gingen wir auf Steinharts Forderungen ein. Unsere Aktivitäten verlagerten wir wieder in die Tagzeit und banden nun Steinhart in auffälliger Weise in die Arbeiten ein. Auch Steinhart war die Brisanz unserer Überlegungen und Rechnungen klar. Um seine Mitwisserschaft in Ruhm umzumünzen, bedurfte es selbstverständlich einer ausführlichen Veröffentlichung. Also verwendeten wir 14 Tage darauf, einen umfassenden Bericht über unsere Berechnungen zur Wettersteuerung zu schreiben. Aber Steinhart warnte uns: Wenn wir nicht vorher unsere Kollegen informierten, würden wir »gesteinigt«. Ich schickte nun die geplante Veröffentlichung zunächst nur an meinen alten Freund Klaus nach England, auf dessen Verschwiegenheit ich mich verlassen konnte. Ich bat ihn um eine Stellungnahme und um die Berichtigung der unvermeidlichen Schreibfehler. Nachdem wir die Anregungen meines Freundes eingearbeitet hatten, gingen wir mit einigen überzeugenden Ausdrucken von Berechnungen zum Institutsrat und beantragten eine Vollversammlung, um wichtige Ergebnisse vorzustellen!

In dem großen Auditorium hatten sich die meisten der 85 Wissenschaftler des Institutes eingefunden, weil Linda und ich einen guten Ruf hatten und unsere Kollegen etwas

Spannendes erwarteten. Vollversammlungen fanden nur selten statt. Ausnahmsweise mit einem weißen Hemd und einer Fliege bekleidet, schilderte ich, wie Linda und ich die Bedeutung von Tiefdruckgebieten für eine regelmäßige und ausreichende Niederschlagsverteilung erkannt hatten. Ich belegte umfassend anhand von Wetterkarten mit Isobaren und Fronten, wie wir durch gezielte Energiezufuhr Tiefdrucksysteme erzeugen, lenken und abregnen lassen konnten. Ich vergaß auch nicht, Steinharts Einfallsreichtum und seinen entscheidenden Anteil an den Ergebnissen hervorzuheben, und ich skizzierte, wie die benötigte Sonnenstrahlung durch Spiegel im Weltraum auf die entscheidenden Stellen gelenkt werden könnte.

Zunächst herrschte atemlose Stille. Dann sprang ein Student mit auffallend rotem Haarschopf zur der einzigen Tür und stellte sich breitbeinig davor: »Keiner verlässt den Raum, bevor wir uns Gedanken darüber gemacht haben, was diese Arbeit für die Gesellschaft bedeutet!«, schrie er. »Geoengineering ist eine politische Angelegenheit und darf nicht nur akademisch betrachtet werden!« Tumult entstand, und einige Wissenschaftler, die ein Einsperren nicht hinnehmen wollten, versuchten die Tür freizumachen, aber Rolf, der Rotschopf, und zwei seiner Freunde setzten erfolgreich ihre Fäuste ein und zwangen alle im Raum zu bleiben.

Steinhart ergriff das Wort: »Ruhe erst mal! Wir wissen gar nicht, ob sich unsere Ideen umsetzen lassen.« Aber die meisten Anwesenden verstanden, dass der Ansatz zumindest in die richtige Richtung ging, und die Mehrheit war sich darüber im Klaren, dass hier ein neuer Meilenstein in der Entwicklung der Menschheit gesetzt wurde.

Mein Kernsatz: »Die Steuerung des Wetters ist der letzte Schritt zur vollständigen Beherrschung der Erde und in seiner Auswirkung nur mit der Zähmung des Feuers vergleichbar«, schlug ein wie eine Bombe.

Argumente für und gegen die Steuerung des Wetters schwirrten durch den Raum: »Wir und alle unsere Kollegen verlieren unsere Privilegien! Wenn das Wetter gelenkt wird, braucht man keine Prognosen mehr!«,
»Das ist Verrat an unserem Berufsstand!«, »Schmeißt sie raus!«, »Nestbeschmutzer!«, und: »Wir kriegen nur Ärger!«, hallte es durch den Saal.
Nachdem sich die erste Aufregung gelegt hatte, fasste Rolf die Meinung der Mehrheit zusammen: »Die Menschheit ist noch nicht reif für einen so weitreichenden Eingriff in die Natur. Mächtige Staaten werden egoistisch Tiefdruckgebiete für ihre eigenen Interessen abregnen lassen, und ärmere Staaten leiden noch mehr!«
Aber es gab auch positive Äußerungen. »Wettersteuerung ist gerade kein Geoengineering, weil nichts an der Atmosphäre dauerhaft verändert wird!« Viele wussten von dem gezielten Abregnen von Wolken vor Moskau durch Viktor Kornejew und sahen in meiner und Lindas Idee nur eine mutige Weiterführung. Auch hatten fast alle das Buch »THE GOD SPECIES« von Mark Lynas aus dem Jahr 2011 gelesen, worin er technische Maßnahmen verlangt, um die Erde für die Menschheit in der Zukunft bewohnbar zu erhalten.

Zu unserer Überraschung fanden sich auch Kollegen, die sich schon ähnliche Gedanken wie wir gemacht, aber nicht gewagt hatten, darüber zu sprechen. Gottfried Knospe wies auf eine Veröffentlichung von Frau Dominique Yuen hin, die bereits 2011 nachgewiesen hatte, dass sich ein Orkan in Frankreich zu einem mäßigen Sturm reduziert hätte, wenn an seinem Entstehungsort andere Bedingungen geherrscht hätten. Andere wussten zu berichten, dass in Saudi-Arabien die Idee von Jürgen Friedrich getestet wurde, der vorschlug, bei passender Windrichtung durch Verdüsen von Meerwasser in Küstennähe die Verdunstung zu intensivieren, um anschließend den Wasserdampf mit Silberjodid über der Wüste ausregnen zu lassen.

Je länger die Diskussionen dauerten, desto mehr Kollegen fanden Gefallen an Lindas und meinen Gedanken, und nach einiger Zeit verschaffte sich Gottfried Knospe Gehör: »Eine globale Wettersteuerung funktioniert nur, wenn alle Staaten gleichberechtigt mitmachen. Man kann Tiefdruckgebiete nicht an Ländergrenzen stoppen. Eine Steuerung des Wetters kann eine Klammer sein, die alle Staaten zu einer Interessengemeinschaft verbindet, weil sie nur gemeinsam erfolgen kann. So wie das Klima sich entwickelt, gibt es nur zwei Möglichkeiten. Entweder wir gehen einzeln vor die Hunde, oder wir bilden eine weltumfassende Gemeinschaft zur Regulierung des Wetters.«

Aber für das wesentliche Problem, nämlich wer über das Wetter bestimmen solle, hatte keiner eine Idee. An diesem Punkt herrschte eine allgemeine Ratlosigkeit. Die anfängliche Euphorie schlug in Pessimismus um. Schließlich folgte man Rolfs Vorschlag, vorläufig Stillschweigen über die Forschung zu bewahren. Alle schworen gemeinsam, dass nichts von diesem Vortrag in die Öffentlichkeit dringen solle, aber alle waren sich darüber im Klaren, dass die Meteorologie ihre Erfüllung erleben würde, sollte es zu der Wettersteuerung kommen. Genau wie die Optik und die Mechanik würde dann die klassische Wetterkunde ihren Abschluss gefunden haben, und es gäbe in der Hinsicht nichts mehr zu erforschen. Die Steuerung des Wetters wäre Abschluss und Ende der Meteorologie!

Eine Woche später traf Linda und mich aus heiterem Himmel ein Donnerschlag! Die Institutsleitung hatte uns mit sofortiger Wirkung die Benutzung der Rechner verboten und unsere Arbeitsverträge mit der gesetzlichen Frist von drei Monaten gekündigt. Nur Steinhart konnte bleiben, weil er schon so lange am Institut tätig war. Allerdings durfte auch er den Rechnern nicht zu nahe kommen.

Eine Erklärung für diese Entscheidung wurde uns nicht mitgeteilt. Aber eines Abends schlich sich Gottfried Knospe zu uns und klärte uns auf:

Natürlich hatte die Leitung des Instituts mit anderen Meteorologen über unsere Ergebnisse gesprochen, und dieses Wissen hatte sich bis in die Spitzen der Deutschen Meteorologischen Gesellschaft verbreitet. Damit erhielten sowohl die öffentlichen wie auch die privaten Wetterdienste davon Kenntnis. Im Vorstand der Gesellschaft tobte daraufhin ein Kampf zwischen denen, die der Menschheit dienen wollten, und denen, die um ihre Pfründen und Stellungen fürchteten. Die Wetterdienste fürchteten um ihre Daseinsberechtigung, und die Universitäten wollten ihre Stellenpläne erhalten, um weiter zu »forschen«, obwohl sie schon lange mehr oder weniger nur »spielten«. Schließlich setzten sich die Ordinarien der Universitäten und die Direktoren des Wetterdienstes durch und zwangen unsere Institutsleitung, unsere weitere Forschung zu unterbinden!

Als mein Großvater noch selbst Mitglied in der Meteorologischen Gesellschaft gewesen war, hatte sie selbstlos junge Wissenschaftler und ihre Forschungen unterstützt. Inzwischen war sie aber zu einer Interessengemeinschaft zur Wahrung von Einfluss und Pfründen verkommen.

Gewohnt, fast Tag und Nacht zu arbeiten, war es ein Schock für uns, nicht mehr unsere Programme laufen lassen zu dürfen. Lindas Asthma verschlimmerte sich von Tag zu Tag, und wir waren zutiefst deprimiert. Wir sahen unsere bisherigen Rechenausdrucke durch und stellten fest, dass wir dieses und jenes noch nicht untersucht hatten. Wir litten unter Entzugserscheinungen, wie sie wohl auch Rauschgiftsüchtige durchmachen, wenn sie keinen Stoff mehr bekommen.

Dann erhielten wir einen überraschenden Besuch! Als wir gerade niedergeschlagen in unserem Arbeitszimmer saßen, kam, ohne anzuklopfen, ein großer, schwarzhaariger Mann herein. Er war im Gegensatz zu uns elegant gekleidet und trug einen großen Siegelring. Aus Apathie regten wir uns nicht über sein Benehmen auf, fielen aber fast vom Stuhl, als er zu reden begann. Er stellte sich als Bevollmächtigter von Gloobal Incorporation (GI) vor. Wir kannten natürlich den weltumspannenden Internetkonzern, der kaum wusste, was er mit all seinen Milliarden anfangen sollte.

GI war einst als Firma für gezielte Internetwerbung gestartet und hatte neben viel Geld sich auch Wissen über Firmen und Konsumenten angeeignet. Später verwendete sie dieses Wissen, um profitable Firmen aufzukaufen, bis sie die Produktionsstätten ganzer Branchen vereinnahmt hatte. Die Konsumenten merkten lange nicht, dass es danach durch eine unsichtbare Steuerung keine Konkurrenz mehr gab und die Preise stetig angehoben wurden. Schließlich hatte GI so viele Firmen unter ihre Kontrolle gebracht, dass der Staat hätte eingreifen müssen. Aber auch da hatte sie bereits durch eine vorausschauende Lobbypolitik die Weichen gestellt, sodass die Expansion von GI nicht mehr aufgehalten werden konnte. Für sie gab es nun nur noch das Problem, wie mit dem märchenhaften Vermögen umgegangen werden sollte. Weil GI laufend Anlagemöglichkeiten dafür suchte, verfolgte sie alle wissenschaftlichen Publikationen, die Innovationen versprachen. Dabei wurde auch systematisch der Schriftverkehr von Universitäten mitgelesen.

Und so hatte einer ihrer Manager, als ihm unsere illegal abgefischte Veröffentlichung in die Hände fiel, eine Idee: Mit einer geschickten Steuerung des Wetters könnten ihre Erträge aus Agrarbetrieben gesteigert werden, Windkraftanlagen könnten dann mit Stürmen gefüttert werden, wenn besonders viel Strom gebraucht wurde, und so weiter. Ihm war klar: »Planbares Wetter ist bares Geld wert!«

Die Gier des Konzerns war unstillbar, und so schlug der unangemeldete Besucher vor: »Arbeitet für GI! Ihr bekommt die modernsten und schnellsten Rechner der Welt! Ihr könnt euer Gehalt selbst festlegen! Ihr könnt in den USA, oder wo immer ihr wollt, wohnen und arbeiten!«

Meine Empörung wuchs bei jedem Wort des Mannes. Nur die besänftigenden Blicke Lindas bewahrten mich davor, ihn sofort des Zimmers zu verweisen. Aber er ging bald von selbst und hinterließ nur eine Telefonnummer, keinen Namen. Hinterher habe ich mich gewundert, wieso er eigentlich verstanden hatte, was Linda und ich erforscht hatten. Verstand er vielleicht etwas von Meteorologie?

Es lag wohl an unseren Entzugserscheinungen, dass wir nach zwei Tagen über sein Angebot anders dachten. Wir waren ja der Überzeugung, dass die Wettersteuerung für die ganze Menschheit überlebenswichtig war und dass damit extreme Wettersituationen, Dürren, Hunger und Kriege um Wasser verhindert werden könnten. Schließlich trafen wir Luigi – den Namen unseres Besuchers hatten wir inzwischen erfahren – im InterConti-Hotel in Hamburg. Er brachte zwei Rechtsanwälte mit, die uns sofort mit unseren Namen ansprachen. Das bedeutete, dass sie sich vorher bereits über uns informiert hatten. Sie brachten auch gleich einen Vertragsentwurf mit, in dem unsere Bedenken vorausgeahnt wurden und der unserer Empörung den Wind aus den Segeln nahm.

»GI stellt einen Super-Computer zur Verfügung und erhält als Gegenleistung alle Forschungsergebnisse. Die Steuerung des Wetters erfolgt durch die Hamburger Meteorologen, unter Berücksichtigung der Interessen von GI, allerdings mit der Einschränkung, dass die Firma nicht gegen das allgemeine Wohl arbeiten und dass niemandem dadurch Schaden entstehen darf.«

Wir schlugen eine Einladung zu einem großartigen Essen aus und aßen lieber auf meinem kargen Zimmer eine Portion Müsli. Dann erkundeten wir, dass die beiden Juristen, die den Vertrag für uns aufgesetzt hatten, ehrbare Hamburger Bürger waren, und wir befanden, dass GI es vermutlich nicht nötig habe, gegen ihre Abmachung zu verstoßen. Die Firma würde selbst unter den einschränkenden Bedingungen noch genug verdienen.

Wieder gab es eine Vollversammlung des Institutes, wieder war der Saal brechend voll und die Luft knisterte. Linda und ich wollten die Verantwortung einer so weit reichenden Vereinbarung nicht alleine tragen, sondern das ganze Institut einbinden. Dazu stellten wir klar, dass GI zwar illegal in den Besitz der wesentlichen Informationen gekommen sei, dass wir aber mit dem Vertragsentwurf über die Nutzung der Wettersteuerung zufrieden seien. Außerdem stellte Linda fest: »GI weiß schon jetzt alles Wesentliche! Wenn wir ihr Angebot nicht annehmen, findet die Firma in den USA oder in China genügend Wissenschaftler, die kein bisschen dümmer sind als wir – nur hätten wir in diesem Fall überhaupt keine Möglichkeiten, die Anwendung zu überwachen und zu korrigieren. Wir müssen jetzt einfach mit GI zusammenarbeiten!« Ihre kurze Ansprache brachte den Saal zum Schweigen; selbst Rolf, der Rotschopf, blieb still. Schließlich sagte Steinhart: »Es ist wie immer. Große Erfindungen können nicht unterdrückt werden. So lasst uns denn auf dem Tiger reiten!« Die Institutsleitung übernahm alle Vertragsvereinbarungen mit GI, und wir konnten auf dem Rechner des Institutes weiterarbeiten, wo uns GI nicht über die Schulter gucken konnte.

Das Wetter wird gesteuert

Ein ähnlicher Sturm der Entrüstung wie im Institut brach auch in der Öffentlichkeit los, als die Leitung des Instituts unsere Gedanken und die Abmachung mit GI der Presse vorstellte.

Natürlich gab es heftige Widerstände von allen Seiten. Die katholische Kirche sprach sich dagegen aus, weil sie darin einen Eingriff in die göttliche Fügung sah. Da diese Kirche durch die sexuellen Missbräuche an Schutzbefohlenen 2010 schwer in Misskredit geraten war und sie außerdem durch die inneren Kämpfe um die Aufhebung des Zölibats geschwächt war, drang sie in der öffentlichen Diskussion nicht durch.

Wesentlich größerer Widerstand kam aus der Versicherungswirtschaft. Da eine Wetterkontrolle eine Abnahme, eventuell sogar die Vermeidung, von Starkwinden erwarten ließ, würde eine Versicherung gegen Sturmschäden sinnlos, und große Bereiche dieses Geschäftes entfielen. Ähnliches erwarteten die Hagelversicherungen. Das Hotel- und Beherbergungsgewerbe war ebenfalls nicht glücklich, weil Gäste bei zuverlässig angesagten Niederschlägen zu Hause bleiben würden und die Hotels deshalb nur an sonnigen Tagen Gäste erwarten konnten. Die größten Widerstände kamen jedoch von den Menschen, die prinzipiell alles Neue ablehnen. Ihre Vorfahren hatten früher die Eisenbahn verteufelt und die Vorstellung abgelehnt, dass ein Gebilde aus Metall fliegen könne.

Bald darauf gab es lang anhaltende Hitzewellen im Süden Deutschlands und an der Ostküste der USA. Es starben Tausende, vor allem ältere Menschen, weil die Temperatur längere Zeit selbst nachts nicht unter 40 Grad sank.

In den Vereinigten Staaten wurden daraufhin Pläne zum Geoengineering forciert. Mit riesigen Flugzeugen sollten große Mengen Schwefeldioxid in die hohe Atmosphäre gebracht werden, um dort Aerosole zu erzeugen. Diese feinsten Tröpfchen sollten dann einen Teil der Sonnenstrahlung zurück in den Weltraum reflektieren und so zu einer globalen Temperaturabnahme führen, die relativ einfach zu berechnen war. Allerdings gab es auch schwerwiegende Einwände: Das weltumspannende Zirkulationssystem der Erde wäre in Gefahr, wenn die Sonneneinstrahlung verändert würde. Davon abgesehen bestünde auch eine Gefahr für die Ozonschicht. Was aber am gefährlichsten wäre: Diese Maßnahme wäre nicht reversibel. Es gäbe keine Möglichkeit, das Schwefeldioxid wieder zurückzuholen, sollte es sich als schädlich herausstellen.

Aber die Not durch extreme Wetterlagen besonders in den Megastädten setzte alle Regierungen unter Druck. Es musste etwas geschehen!
Weil die Wettersteuerung jederzeit auch abgeschaltet werden konnte, war sie die harmlosere und leichter zu akzeptierende Hilfe für die Welt. Die öffentliche Meinung

und auch die der meisten Regierungen neigte sich zu unseren Gunsten.

Da das Wetter aber nur weltweit gesteuert werden konnte, war dazu auch eine weltweite Übereinkunft notwendig. Weil GI auch fast alle Regierungen im Griff hatte, schien dies möglich zu sein. Fast alle Mitarbeiter des Instituts, bezahlt von GI, stellten ihre wissenschaftlichen Arbeiten ein, um als Emissäre einer neuen Weltwetterordnung Regierungen und andere Organisationen über die neuen Möglichkeiten zu informieren. Da Tiefdruckgebiete nicht an Ländergrenzen Halt machen, mussten Abmachungen über die Ziele der Wettersteuerung getroffen werden, wobei die Verteilung der Niederschläge besonders umstritten war. Weil die meisten Politiker keine Ahnung von Meteorologie hatten und ihre naturwissenschaftliche Bildung meist sehr lückenhaft war, mussten wir und alle Mitarbeiter des Institutes erst einmal Grundkenntnisse vermitteln, damit das Prinzip der Wettersteuerung verstanden wurde. Aber fast allen leuchtete der Fortschritt ein, nicht zuletzt, weil alle persönlich unter der Erderwärmung litten.

Auf der Welt hatten sich nach langen, meist noch friedlichen Auseinandersetzungen große Blöcke gebildet. Die Europäische Union umfasste Kerneuropa einschließlich Russlands, der Türkei und des nördlichen Afrikas. In Nordamerika hatten die USA und Kanada eine Union gebildet. Südamerika wurde von Brasilien dominiert, der mächtigsten Wirtschaftsmacht auf dem Teilkontinent. Ganz Asien einschließlich Japans und Australiens hatte sich China untergeordnet, wobei die Chinesen ihre Vormachtstellung nicht missbrauchten. Nur in Afrika südlich der Sahara konnte die Kleinstaaterei nicht überwunden werden, weil alte Männer von ihren Familien daran gehindert wurden, die Macht aus den Händen zu geben. Wer am Futtertrog saß, musste eine riesige Schar von Verwandten und Stammesangehörigen versorgen. Aber Afrika spielte noch immer keine Rolle in der Weltpolitik.

Den verantwortungsbewussten Regierungen leuchteten nach unseren Belehrungen die Vorteile der Wetterkontrolle ein, und die Industrie (besonders GI) erwartete einen Gewinnsprung. Die Kosten der Realisierung waren allerdings gigantisch, denn die weltweite Lenkung der Tiefdruckgebiete verlangte mehr Spiegel im Weltall, als wir zuvor abgeschätzt hatten. Die Wissenschaftler freuten sich auf die neuen Aufgaben und stürzten sich mit Feuereifer auf die erforderlichen Berechnungen. Die Reflektoren im All mussten die Erddrehung, den Lauf der Erde um die Sonne und ihre Positionen untereinander berücksichtigen, bevor sie auf einen bestimmten Punkt der Erdoberfläche ausgerichtet wurden, wo sie ihre Wirkung entfalten sollten.

Eine Mehrheit der Bevölkerung hielt das Projekt für wünschenswert, die Umsetzung aber für unmöglich. Andere hingegen waren davon begeistert. So arbeiteten selbst pensionierte Ingenieure ehrenamtlich fieberhaft an der Umsetzung. Die Spiegel in den Erdumlaufbahnen sollten aus dünnen Metallfolien bestehen, die durch kleine Steuerraketen aufgespannt und in die erforderlichen Richtungen gebracht werden sollten. Für den Transport ins All standen die bewährten russischen Sojus-Raketen bereit, die bereits für die Installation des »Galileo-Navigationssystems« benutzt wurden.

Meine und Lindas Euphorie über unsere Erfolge war inzwischen verflogen. Wir erschienen nicht mehr so häufig im Institut, sondern verbrachten viel Zeit in Opas Wald, um dem Trubel um unsere Entwicklung zu entrinnen. Bei der Arbeit in der freien Natur besserte sich Lindas Asthma, und wenn wir uns am Abend in die alte primitive Holzhütte zurückzogen, waren wir zufriedener als früher bei der wissenschaftlichen Arbeit. Ja, manchmal wurden wir richtig übermütig und verhielten uns wie Kinder. Wir begannen mit Waldameisen zu spielen. Einigen Tieren kleksten wir einen winzigen Punkt Farbe auf ihr hinteres Körperteil und freuten uns, wenn wir die so Markierten am nächsten Tag wiedersahen. Unser Ziel war es, eines Tages ein Ameisenrennen zu veranstalten.

Insgeheim waren wir inzwischen froh, dass Steinhart mit im Boot saß, denn er nahm uns viel Arbeit bei den Anfragen von Presse und Fernsehen ab. Die Erwärmung der Erde wurde immer unerträglicher, und die bislang unvermeidlichen Extreme der Temperaturen an einzelnen Orten führten zu vielen Hitzetoten. Mit der Wetterkontrolle war zwar keine durchgreifende Senkung der Durchschnittstemperatur zu erwarten, aber die lang anhaltenden Hochdrucklagen, die zu Dürren und maximalen Temperaturen führten, sollten dann nicht mehr vorkommen. Die Feuerwehren erhofften sich Hilfe bei der Bekämpfung der immer häufiger auftretenden Wald- und Buschbrände.

An vielen Orten der Welt begann man an der Umsetzung unserer Idee zu arbeiten. Kompliziert war die Ausrichtung der Weltraumspiegel, denn davon hing der Erfolg des Unternehmens ab. Nur wenn an den vom Rechenmodell ermittelten sensiblen Stellen Energie zugeführt würde, ließen sich Zyklone bilden und lenken. Die Industrie verkündete vollmundig, dass man unter Verwendung des modifizierten Galileo-Systems die reflektierte Sonnenstrahlung auf Bruchteile von Bogensekunden genau ausrichten könne.

Steinhart fühlte sich wie der Retter der Welt. Er hatte verdrängt, dass er nur durch Erpressung an dem Ruhm teilnehmen konnte. Er gab sein bislang Erspartes mit vollen Händen aus, weil er damit rechnete, dass sich aufgrund seiner Bekanntheit bald weitere Geldquellen ergeben würden. Die Aktienkurse stiegen weltweit, denn mit der Wettersteuerung erwartete man eine Innovationswelle für die Wirtschaft, und eine lange Seitwärtsbewegung wurde überwunden. Allerdings war klar, dass die Steuern wieder einmal weltweit erhöht werden müssten. Aber alle Einwände gegen die neuen Belastungen wurden mit dem Hinweis auf den erwarteten Nutzen zurückgewiesen. Allein die jetzt mögliche Optimierung von Saat und Ernte ließ eine Steigerung der Agrarproduktion um 32,3 Prozent erwarten.

Wir mussten lachen, als wir diese Zahl mit einer Stelle nach dem Komma lasen. Wir, wie alle anderen Meteorologen, waren misstrauisch gegenüber solchen Zahlen, denn es war klar, dass diese Steigerung bestenfalls auf fünf Prozent genau abgeschätzt werden konnte. Aber die Bevölkerung hielt nur Zahlen mit Stellen nach dem Komma für seriös.

Allerdings interessierte die mögliche Steigerung der Ernteerträge nur wenige; denn die häufigen hohen Lufttemperaturen wurden so unerträglich, dass solche Angaben eher nebensächlich erschienen. Entscheidender war, ob sich unsere Überlegungen bewährten.

Nach den Anstrengungen der letzten Jahre beschlossen wir, in Zukunft weniger zu arbeiten und unser Privatleben nicht mehr zu vernachlässigen, denn mit der technischen Umsetzung unserer Forschungen wollten wir uns nicht beschäftigen. Ganz unerwartet machte Linda mir eines Morgens einen Heiratsantrag. Ich brach zunächst einmal in schallendes Gelächter aus, denn wir lebten ja schon lange zusammen. Aber als ich mit einer klaren Antwort eine ganze Weile zögerte, drohte Linda, weit weg zu einem meteorologischen Institut nach Australien zu gehen. Erschreckt nahm ich sie in die Arme und drückte sie, so fest ich konnte. Allerdings scheute ich die Kosten und den zeitlichen Aufwand für eine Hochzeit. Linda aber entwickelte plötzlich eine unglaubliche Durchsetzungskraft und bestand sogar auf einer kirchlichen Trauung, was inzwischen gänzlich unüblich war. Auch eine Hochzeitsreise war für sie unverzichtbar, also buchten wir einen 14-tägigen Urlaub auf ihrer Trauminsel Hawaii, obwohl es dort nach einem alten Lied von Opa kein Bier geben sollte. Das Fliegen war inzwischen sehr teuer und außerdem wegen des Kohlendioxidausstoßes verpönt. Aber wir erlaubten uns ausnahmsweise diese »Sünde«, weil wir beide, wie wir meinten, viel Positives für das Klima geleistet hatten.

Die meisten Hotels der Insel waren verwaist. Nur noch im Turtle Bay Resort im Norden legten gelegentlich Kreuzfahrtschiffe an, deren seekranke Passagiere sich für einige Nächte an Land erholen wollten. Der graue Strand war vollständig mit geflochtenen Matten überdacht, denn die Seebrise kühlte nicht mehr, und jedermann floh aus der Sonne. Große Schilder warnten davor, den Strand an unbedachten Stellen ohne solide Schuhe zu betreten, denn dort waren einigen Besuchern bereits ihre dünnen Schuhsohlen durch die Hitze geschmolzen, und sie hatten schlecht heilende Verbrennungen an den Füßen erlitten.

Trotz der Hitze waren wir zufrieden; wir genossen die Entspannung. Linda wurde ein neuer Mensch. Erinnerungen aus ihrer Kindheit tauchten wieder auf. Sie war in einer heilen Familie mit drei Geschwistern groß geworden. Schrecklich war für sie immer noch der Gedanke daran, dass sie ihre Familie bei einem fürchterlichen Autounfall verloren hatte. Auf einer älteren Autobahn war damals bei tagelanger Hitze eine Betonplatte plötzlich hochgebrochen und hatte ihr Auto auf die Gegenfahrbahn geschleudert. Linda selbst war zu der Zeit auf einem Wanderurlaub in den Vogesen gewesen und hatte von dem Unfall erst nach drei Tagen erfahren.

Neun Monate nach unserer Hochzeitsreise führte die Entspannung wieder zu einer neuen Anspannung, besonders für mich, da ich nun plötzlich einen kleinen Sohn in den Armen hielt. Linda machte mir als jungem Vater meine Pflichten klar, und die wissenschaftliche Arbeit wurde zu Gunsten des kleinen Henry weiter eingeschränkt, dem ein Jahr später Nathan folgte.

Unsere kleine Familie wohnte in Hamburg in einer großen Wohnanlage mit relativ viel Platz in drei Zimmern. Unsere

Möblierung war primitiv und bestand im Wesentlichen aus rechteckigen schwarzen Kästen, die auf Lücke an den Wänden entlang gestapelt und mit Büchern meiner Eltern vollgestopft waren. Außerdem besaßen wir zwei Schreibtische, die deutlich nach Arbeit aussahen. Unsere Kinder hatten ein gemeinsames Zimmer mit selbstgebauten Bettchen, während wir Eltern auf einer dicken Schaumstoffmatratze schliefen. Unsere Essküche hatte aber immerhin einen Niedertemperaturherd, den wir allerdings aber aus Zeitmangel kaum benutzten.

Erst als Linda mit jungen Müttern beim Kinderarzt und beim Babyschwimmen zusammenkam, stellte sie fest, wie arm die meisten Menschen geworden waren. Auch wir lebten zwar recht bescheiden, aber nicht, weil wir es mussten, sondern weil wir durch unsere Arbeit wenig Zeit hatten, Geld auszugeben.

Wir arbeiteten für das Klima der Welt, lebten aber wegen unserer anstrengenden Arbeit wie auf einer einsamen Insel.

In Europa und besonders in Deutschland stieg die Einwohnerzahl stark an, weil Klimaflüchtlinge aus aller Welt aufgenommen wurden. Das geschah teils aus Mitleid, teils aber auch, um der Vergreisung Deutschlands entgegenzuwirken. Der Meeresspiegel war inzwischen deutlich angestiegen. Das hatte zwei Ursachen. Zum einen war an der Antarktis viel Eis abgeschmolzen, aber was entscheidender war: Das Meerwasser hatte sich durch die globale Erwärmung ausgedehnt. Bangladesch und der größte Teil Pakistans waren aufgegeben worden, weil durch regelmäßige Überschwemmungen das meiste Land unbrauchbar geworden war. Die Inseln der Malediven hatte man schon lange verlassen und vergessen. Das Marschland in Schleswig-Holstein war bereits mehrmals durch Deichbrüche mit Salzwasser überflutet worden und konnte nicht mehr genutzt werden. Es war klar, dass alles Land unter dem Meeresniveau von 2010 selbst mit gigantischen Deichbauten nicht zu halten war. Der Verlust an Anbaufläche war doppelt bitter, weil durch den Klimawandel auch die Erträge pro Hektar zurückgingen. Außerdem war nicht mehr ausreichend Treibstoff vorhanden, deshalb konnten die Äcker nicht mehr so intensiv wie früher bearbeitet werden. Kunstdünger war darüber hinaus so teuer geworden, dass damit sparsam umgegangen wurde. Da dringend mehr Fläche für die Landwirtschaft gebraucht wurde, mussten ganze Siedlungen abgerissen werden. Die ehemaligen Bewohner fanden Unterschlupf in Wohntürmen, die viel weniger Grundfläche pro Bewohner erforderten.

Es gab allerdings immer noch einige Einfamilienhäuser mit Gärten. Aber jetzt wohnten darin mindestens drei Familien, und statt Blumen und Ziersträuchern sah man dort nun Kartoffeln, Steckrüben und Kohl. Die weitläufigen Parkanlagen der großen Städte waren in Kleingärten umgewandelt worden, und in armseligen Hütten wachten die Besitzer nachts über ihr angebautes Gemüse. Begonnen hatte dies bereits 2012 mit der Bewegung »urban gardening«, die zunächst nur brachliegendes Ödland nutzte. Als aber die Nachfrage immer größer wurde, pflügte man zunächst die Grünflächen der großen Parks um. Später wurden auch die uralten, wunderschönen Bäume rücksichtslos gefällt, weil sie den neuen Gärten Licht wegnahmen. Diebstähle in den Gärten kamen trotz drakonischer Strafen immer häufiger vor. Verbitterte Bestohlene forderten sogar, die Todesstrafe wieder einzuführen.

Linda, die lange im Elfenbeinturm der Wissenschaft gelebt hatte, kannte zwar den Begriff »Freeworker«, aber erst jetzt verstand sie durch Gespräche mit anderen Müttern die doppelte Bedeutung. Es handelte sich um ein anderes Wort für Arbeitslose, also Leute, die frei von Arbeit waren. Aber die offizielle Bedeutung war, dass sie frei waren, jede Arbeit sofort anzunehmen. Politisch nicht korrekt, aber zutreffend bezeichnet waren sie, wie in grauer Vorzeit, Tagelöhner. Allerdings gab es darunter eine große Spreizung der Qualifikationen. Weltfirmen wie IBM hatten nur noch einen kleinen Stamm fest angestellter Mitarbeiter. Die eigentliche Arbeit wurde weltweit ausgeschrieben und von Freeworkern der gehobenen Klasse gegen einen Hungerlohn bewältigt.

Linda und ich verbrachten jetzt viel Zeit in Opas Wald. Während er für mich ein zweites Zuhause war, mussten sich Linda und die Kinder erst an das primitive Leben gewöhnen. Aber schon nach einem Jahr hatten alle Freude an der Natur und bedauerten jedes Mal den Abschied von der Ruhe, wenn wir wieder ins Institut zurückkehren mussten. Trotz der Knappheit an Boden blieben die alten Gesetze in Kraft, nach denen vorhandener Wald nicht umgewandelt oder besiedelt werden durfte.

Am Institut ruhte die wissenschaftliche Arbeit. Mit der Steuerung des Wetters war in der »Kathedrale der Meteorologie« der Schlussstein gesetzt worden. Es gab nichts Grundlegendes mehr zu erforschen. Ähnlich wie in der

Mechanik und der Optik war das Arbeitsgebiet abgeschlossen, wie bereits während der ersten Beratungen festgestellt worden war. Nahezu alle Wissenschaftler waren jetzt in Beratungen von Gremien eingebunden, die sich mit der Erderwärmung befassten. Die Atmosphäre zeigte inzwischen die in den Modellen vorhergesagte Rückkopplung zwischen der Erderwärmung und der Erzeugung von noch mehr Treibhausgasen; denn auch Wasserdampf hatte starke Absorptionsbanden im infraroten Bereich und zog damit die unsichtbare Decke über der Erde noch fester zu. Zusätzlich wurde durch die Hitze im Boden gebundenes Kohlendioxid freigesetzt. Selbstverständlich propagierten die Meteorologen des Instituts die Steuerung des Wetters als einziges Mittel, die lebensbedrohlichen Hitzewellen und die anderen Katastrophen zu vermeiden.

Das Weltraumprogramm war von allen wichtigen Regierungen ratifiziert und beschlossen worden; es steckte allerdings bereits zu Beginn in Schwierigkeiten. Da die Sonne wegen ihrer Größe wie eine Fläche strahlt, mussten die Reflektoren im All als Hohlspiegel ausgeführt werden. Nur so konnte man genügend Energie auf den sensiblen Punkt lenken. Außerdem gab es zunächst keine Mechanik zum Aufspannen der riesigen Spiegelflächen. Schließlich fand man die Lösung wieder einmal in der Natur. Die Folien aus hauchdünnem Metall wurden wie bei den Rippen eines Blattes durch eingearbeitete Schläuche in Form gebracht, die minimal mit Stickstoff gefüllt waren. Im luftleeren Raum genügte die geringe Gasmenge, um die Folien in die gewünschte Hohlspiegelform zu spannen. An den drei Ecken des Spiegels saßen Steuerungsdüsen, die die Spiegel im Weltraum auf die Keimzelle eines Tiefdruckgebietes ausrichten oder die Zugbahn der Zyklone steuern sollten.

Auf der Erde wurde das Leben immer mühevoller. Wegen der hohen Kosten für elektrische Energie verschwanden Selbstverständlichkeiten: Rolltreppen rollten nicht mehr, die Benutzung von Aufzügen in Kaufhäusern musste inzwischen bezahlt werden. Hausmänner und -frauen überlegten sich, ob sie Staubsauger benutzen oder lieber zu Besen und Schaufel greifen sollten. Museen hatten einen enormen Zulauf, weil alte Techniken aus dem vorelektrischen Zeitalter wieder gefragt waren. Zum Beispiel wurden jetzt Rubbelbretter gekauft, um die Wäsche mit der Hand zu waschen. Auf diesen gewellten Blechen wurde die nasse Wäsche mit der Hand hin und her geschrubbt, bis sie leidlich sauber war. Trockner gab es nicht mehr, da es wegen der Hitze zweckmäßiger war, die nasse Wäsche auf einer Leine im Freien oder selbst in den Wohnräumen trocknen zu lassen.

Die Kosten des Weltraumprogramms brachten, wie erwartet, weitere Lasten mit sich. Die Übereinkünfte einer globalen Wettersteuerung hatten Konsequenzen, an die in Europa niemand gedacht hatte. Dieser Kontinent hatte die Einwanderung aus aller Welt bislang mit militärischen Mitteln gebremst. Nachdem die Macht auf eine Art Weltregierung übergegangen war, konnte die Abschottung nicht mehr durchgehalten werden. Die Dritte Welt hielt vollständigen Einzug in die gemäßigten Breiten von Europa und Nordamerika. Selbst Grundnahrungsmittel wurden knapp. Ein zentraler Computer steuerte jetzt die Verteilung der Lebensmittel. Er bestimmte die täglichen Rationen für jeden, der auf die Hilfe des Staates angewiesen war, individuell nach Größe, Körperbau und Alter. Dadurch verschwanden die vielen vollschlanken Menschen aus dem Straßenbild, denn nun bekam jeder nur genau so viel, wie er brauchte. Niemand sollte verhungern oder verdursten, für mehr wurde nicht gesorgt. Für seine Unterkunft war jeder selbst verantwortlich, denn erfrieren konnte niemand mehr. Wie im zwanzigsten Jahrhundert in Kalkutta lebten Familien aus Indien auf dem Bürgersteig vor dem Hotel Atlantic in Hamburg, geduldet vom Portier, der selbst Inder war. Warm genug war es! Der Transport von Menschen und Waren auf dreirädrigen Fahrrädern war inzwischen für die ärmere Bevölkerung üblich.

Das Kastenwesen war in Europa verboten, aber die Unterschiede im Wohlstand zwischen Alteingesessenen und Flüchtlingen hatten die gleiche Wirkung. Die politischen Parteien verkamen zu Interessenvertretungen der einzelnen Gruppen, und ideologische Unterschiede wurden bedeutungslos. Da die städtische Polizei privatisiert worden war, kam sie nur, wenn sie vorher bezahlt worden war. Damit war oberflächlich ein stabiler Zustand erreicht, denn die Besitzenden konnten ihr Eigentum schützen lassen, und niemand regte sich auf, wenn die Armen sich untereinander bestahlen. Im Institut lebte man abgeschottet von den Schwierigkeiten der Bevölkerung. Es gab immer noch viele reiche Leute. Die kapitalistische Weltordnung und ein florierender Markt für Aktien und Rohstoffe bestanden weiterhin unabhängig von allen Umwälzungen.

Die technische Umsetzung der Wettersteuerung erfolgte durch zwei neue Firmen in Arbeitsteilung. Die Space Mirror Company (SMC) mit Sitz in Atlanta, USA, sollte 24 große Spiegel fertigen, sie ins All fliegen und warten. Dazu wurden noch Steuerungssatelliten und Raketen zur Wartung der Spiegel benötigt, denn die Druckluft für die Steuerungsdüsen musste gelegentlich nachgefüllt werden. Chef wurde John W. Braun, ein Urenkel des legendären Wernher von Braun, der in den USA die Raketen des Deutschen Reiches aus dem Zweiten Weltkrieg weiterentwickelt hatte. Der Inter Academic Council (IAC) in Hamburg sollte die Spiegel mit unseren Programmen so steuern, dass zur passenden Zeit an den richtigen Stellen Regen fiel und extreme Hitzewellen der Vergangenheit angehörten.

Merkwürdige Pannen

Steinhart war verärgert, als zwei unabhängige Institutionen geschaffen wurden, obwohl er alles in seiner Hand halten wollte. Er wurde richtig verbittert, weil er nicht einmal einer der beiden Firmen vorstehen durfte und damit keine gut dotierte Position erhielt. Linda und ich verzichteten freiwillig auf die Leitung, um uns mehr unseren Kindern zuwenden zu können. Chef des IAC wurde Jenda Chauri, ein indischer Chemiker, der zusätzlich Meteorologie studiert hatte und den Linda von gemeinsamen Forschungen kannte. Auf einer Schiffsexpedition im Roten Meer hatten sie aus Übermut und Langeweile aus Kartoffelschalen Schnaps gebraut, obwohl Alkohol steuerfrei und daher billig war. Zunächst wollte Steinhart eine Mitarbeit im IAC ablehnen, weil er nicht der Leiter wurde; er ließ sich aber endlich doch durch eine ordentliche Bezahlung umstimmen und arbeitete mit.

Die Konstruktion der Spiegel zum Umlenken von Sonnenlicht war schwierig. Als von der SMC die Information durchsickerte, die riesigen Flächen sollten aus Blattgold-PVC-Folien gebildet werden, verdoppelte sich der Goldpreis an der Börse in New York innerhalb von 30 Minuten. Steinhart ärgerte sich, dass er sein Insiderwissen nicht zu einer Spekulation genutzt hatte. Nachdem er aus der SMC gehört hatte, dass die Ingenieure die Verarbeitung von Gold schließlich doch ablehnen wollten, weil es siebenmal schwerer als Aluminium ist, legte er sein bescheidenes Kapital in Leerverkäufe für Goldpapiere an. Steinhart verdiente enorm an diesem Vorsprung an Information. Als die neue Entscheidung auch an der Börse bekannt wurde, fiel der Goldpreis ins Bodenlose und Steinhart konnte einen beträchtlichen Gewinn einstreichen. Nach diesem Erfolg entwickelte er einen Plan, wie er sich für die erlittene Enttäuschung bei der Besetzung der Chefposten entschädigen würde …

Für Erdverhältnisse waren die Spiegel mit einer Fläche von einem Quadratkilometer riesig, im kosmischen Maßstab aber winzig. Die Aluminiumfolien hatten nur eine Stärke von fünf Mikrometern, viel dünner als ein Haar. Ihre Größe wurde durch die maximale Nutzlast der Raketen von 40 Tonnen beschränkt. Die Folien waren auf eine raffinierte Art aufgewickelt, und ihre parabolische Form entfaltete sich im All durch eine minimale Stickstofffüllung in den eingearbeiteten Schläuchen. Die Idee dazu stammte von dem Mechatronik-Ingenieur Marco Straube, der lange am Deutschen Zentrum für Luft- und Raumfahrt in Braunschweig gearbeitet hatte. Mit drei Steuerungsdüsen an den Ecken wurden die Spiegel positioniert. Dabei wurde anfangs viel Lehrgeld gezahlt, denn die ersten Folien wurden durch die Düsen zerrissen, weil man die auftretenden Kräfte zunächst falsch berechnet hatte.

Es dauerte trotz enormer Anstrengung aller Ingenieure weit über ein Jahr, bevor die Zyklogenese zum ersten Mal erprobt werden konnte. Wir alle im ICA warteten gespannt auf die neuesten Wettermeldungen, an denen der Erfolg sichtbar werden sollte. Linda und ich mussten uns sehr zusammennehmen, um unsere Aufregung und innere Anspannung zu verbergen. Meine Frau konnte nur mit starken Medikamenten ihr wieder aufgetretenes Asthma unterdrücken, und ich holte meine Mutter, damit sie sich um unsere Kinder kümmerte.

Hatten sich nun die Tiefdruckgebiete an den vorausberechneten Stellen gebildet? Wurde am Erdboden der vorhergesagte Niederschlag gefunden? Schien die Sonne schwächer an den Stellen, an denen die Spiegel tagsüber abschatten sollten? Natürlich verfolgten die Medien alle Meldungen und lauerten insgeheim auf einen Misserfolg. Leider wurde festgestellt, dass es keine merkbare Abschattung gab! Die Spiegel waren gegenüber der Sonnenscheibe viel zu klein. Aber das sollte ja nur ein Nebeneffekt sein. Auch die Zyklone fanden wir nicht dort, wo sie eigentlich sein sollten. Je nach charakterlicher Veranlagung äußerten sich die Journalisten entweder hämisch oder bedauernd.

Immerhin konnte man einen Einfluss der Bestrahlung auf die Wetterentwicklung an einigen Stellen bemerken. Während Linda skeptisch und pessimistisch war, blieb ich zuversichtlich. Insgeheim atmete ich sogar auf; denn wenn es überhaupt einen Effekt gab, war die Steuerung des Wetters im Prinzip wohl möglich.

Als einige Kritiker eben zu spotten begannen, wurde der ursächliche Fehler in der Programmierung der Spiegelsteuerung gefunden. Linda und ich waren nicht wirklich überrascht, denn selbst bei mehrfach geprüften Rechencodes nimmt auch die Anzahl der Fehler nur asymptotisch ab. Es hatte nichts genützt, dass Computerfachleute die Programme geprüft hatten, denn der von ihnen herangezogene Meteorologe hatte das ganze Projekt innerlich abgelehnt. Er hatte einen Misserfolg erwartet und nur widerwillig mitgearbeitet. Es rächte sich, dass Linda und ich die Einzigen waren, die den physikalischen Hintergrund der Wettersteuerung gänzlich verstanden, und dass die wesentliche Programmierung ausschließlich unsere Leistung war. Der Anteil von Steinhart war unerheblich. Von einem Tag zum anderen funktionierte die Wettersteuerung nach der Korrektur der Programme.

Man hatte inzwischen die zahlreichen Satelliten zur Beobachtung des weltweiten Wetters in die Programmierung der Wettersteuerung integriert. Die Wettersteuerung war jetzt so weit automatisiert, dass nur noch Zielvorgaben über die Verteilung von Sonnenschein und Niederschlag gemacht werden mussten. Allerdings waren immer noch Feinkorrekturen notwendig.

Auch jene Teile der Bevölkerung, welche die Wettersteuerung als unerlaubten Eingriff in die Natur abgelehnt hatten, änderten ihre Haltung, als sie die Vorteile am eigenen Leib erfuhren. Alle gewöhnten sich schnell daran, dass die Wettervorhersage eine nie dagewesene Genauigkeit erreichte: Die Nachrichtensprecher mussten ja nur beim Inter Academic Council nach der Planung für die nächsten Tage anfragen.

GI hielt sich auffallend zurück und schien sich nicht um die Steuerung des Wetters zu kümmern. Die Firma machte nur mit ihrem Verdienst um die Einführung der Steuerung Reklame.

Linda und ich lehnten uns entspannt zurück. Wir überließen Steinhart und jüngeren Mitarbeitern die Steuerung vollständig und gingen auf Reisen. Das war wieder ein Privileg der Wohlhabenden geworden, denn die allgemeine Verarmung beendete den Pauschaltourismus, wie er zu Beginn des 21. Jahrhunderts geherrscht hatte. Nur eine kleine Oberschicht konnte wie von 1920 bis 1940 auf luxuriösen Seglern die Welt bereisen und ihre Sehenswürdigkeiten bewundern.

Wir hielten uns gerade in Kairo auf und lagen nach einem Besuch der Cheops-Pyramide ermattet auf dem weichen Doppelbett vor dem Fernseher und dachten an unsere Kinder, die sich bei ihrer Großmutter aufhielten, als eine Nachricht über eine Dürre im Mittleren Westen der USA uns aufhorchen ließ. »Wieso Dürre?«, fragten wir uns, denn seit der Wetterkontrolle gab es eine gleichmäßige Verteilung von Regen für die Landwirtschaft. Aber wir wollten in unserer gelösten Stimmung nicht gestört werden und schalteten das Gerät einfach ab. Einige Tage später, wir hatten gerade die beeindruckenden Tempel von Abu Simbel bestaunt, erfuhren wir beim Fernsehen – wieder auf einem Doppelbett –, dass ein Wolkenbruch in Rio de Janeiro einen Erdrutsch ausgelöst hatte. Ein Slum war weggespült worden und Hunderte Bewohner waren verschüttet worden oder ertrunken. So etwas durfte eigentlich nicht mehr vorkommen. Jetzt machten wir uns ernsthafte Sorgen. Wir brachen die Reise ab. Es erboste uns, dass selbsternannte Sachverständige im Fernsehen und im Netz die Wettersteuerung für diese Katastrophe verantwortlich machten.

Im IAC ging auf den ersten Blick alles seinen gewohnten Gang. Nur Steinhart wirkte etwas nervös, als ich mich wieder um den Routinebetrieb kümmerte. Er wurde jetzt von einer aparten jungen Frau mit schwarzem Haar und auffallend langen Fingernägeln begleitet, und neuerdings fuhr er einen Wagen mit Benzinantrieb, den sich nur noch reiche Leute leisten konnten. Linda und ich wunderten uns, dass Steinhart besonders gern die Nachtschichten der Steuerung übernahm und außerdem versuchte, möglichst viel mit Jenda Chauri zusammenzuarbeiten.

Eines Tages rief der Chef des IAC uns in sein Büro. Wir waren verwundert, dass er die Tür seines großen Dienstzimmers hinter uns schloss, denn bei den üblichen Besprechungen waren stets alle Türen geöffnet. Chauri machte uns ein seltsames Angebot. Wir sollten uns bei voller Bezahlung von der Steuerung zurückziehen und nur noch an der Verbesserung der Modellierung arbeiten, und zwar in unserer eigenen Wohnung.

Zu Hause grübelten wir über dieses Angebot nach. Ich hatte nun ja Zeit zum Lesen und studierte auch die Wirtschaftsnachrichten im Internet. Dabei fiel mir die folgende

Meldung auf: Ein großer amerikanischer Baukonzern, der in Rio de Janeiro, Brasilien, ein Einkaufscenter mit Hotel plante, hatte das Bauland dafür überraschend günstig erworben, weil dieses durch einen »glücklichen« Umstand plötzlich von den Slumbewohnern geräumt worden war. Bis vor Kurzem hatten sich die armen Leute dort weder durch Gewalt noch durch verlockende Versprechungen von dem wertvollen Grundstück vertreiben lassen. Ich bin eigentlich ein ruhiger Mensch, als ich aber von dem »glücklichen« Umstand las, wurde ich wütend, denn ich erinnerte mich an das Unglück in Rio mit den vielen Toten bei einem Erdrutsch. War das nur eine Panne der Steuerung?

Als ich mich wieder etwas beruhigt hatte, bat ich Linda um einen Spaziergang. Ich traute mich nämlich nicht, meinen Verdacht in den eigenen vier Wänden auszusprechen, die vielleicht Ohren haben könnten. Hatte Steinhart den Wolkenbruch absichtlich ausgelöst?

Der Verdacht war so ungeheuerlich, dass Linda ihn zunächst nicht glauben mochte. Aber weil Steinhart schon einmal seinen schlechten Charakter gezeigt hatte, nahm Linda meine Vermutung doch ernst. Sie wurde rot vor Wut, als sie sich daran erinnerte, wie Steinhart uns erpresst hatte, um in unser Projekt aufgenommen zu werden. Sie stimmte meinem Vorschlag zu, dass wir uns intensiv um Rio und die Dürre im Mittleren Westen der USA kümmern sollten. Im Internet fanden wir heraus, dass dort ein Hauptanbaugebiet für Weizen betroffen war und dass ein Konzern in Australien, der Weizen durch künstliche Bewässerung teuer produzierte, offenbar seinen Konkurrenten ausgeschaltet hatte. Beide waren wir wie vor den Kopf geschlagen. Ein Wissenschaftler als Verbündeter von skrupellosen Konzernen? Linda wollte es immer noch nicht glauben.

Aber dann kam ein unerklärlicher Waldbrand in Finnland hinzu, bei dem plötzlich 18 Quadratkilometer Birkenwald verbrannten, wodurch Platz für Ackerland entstand. Als Nächstes gab es die überdurchschnittlich hohen Niederschläge in der Nähe des Kaspischen Meeres mit der besonders ergiebigen Baumwollernte und der gleichzeitigen Trockenheit im angrenzenden Bauernland, sodass viele Verarmte das Proletariat in Aserbaidschan vergrößerten oder als billige Arbeitskräfte auf den Plantagen des Baumwollkonzerns arbeiten mussten.

Es gab keinen Zweifel mehr: Steinhart missbrauchte die Wettersteuerung. Als wir Chauri gegenüber unseren Verdacht äußerten, stießen wir auf taube Ohren. Am selben Abend noch bekamen wir Besuch. Der Mann war elegant gekleidet, und wir kannten ihn! Luigi ließ sich unaufgefordert in unserer Wohnlandschaft nieder, zündete sich eine Zigarette an und schnippte das Streichholz achtlos auf den Teppich. Er tränkte den Raum mit Angst, denn er verkörperte das Klischee eines Gangsters. Wie nebenbei erwähnte er, dass seine Söhne auf dieselbe Schule gingen wie unsere Söhne, deren Wohlbefinden ihm sehr am Herzen läge. Er forderte uns auf, die »Arbeiten«, wie er sagte, von Steinhart und Chauri nicht zu stören. Nach diesem Satz ging er, ohne die Tür hinter sich zu schließen.

Wir waren wie versteinert. War GI von der Mafia übernommen? Oder war GI die moderne Mafia? Steinhart und Chauri waren demnach Komplizen von Verbrechern. Wenn Söhne von Mafiosi dieselben Orte besuchten wie unsere Kinder, waren sie Teil der »besseren« Gesellschaft und hatten gute Beziehungen. Linda schluchzte vor Angst: »Luigi kennt unsere Kinder!« Wir wussten über das organisierte Verbrechen zwar nicht viel; aber wir mussten damit rechnen, dass wir von der Polizei keine Hilfe bekommen würden, denn wir konnten nicht beweisen, dass die Katastrophen absichtlich ausgelöst worden waren und weiterhin ausgelöst werden konnten.

Am nächsten Tag im Institut ließen wir uns nichts anmerken und erwähnten Luigis Besuch nicht. Aber wir begannen, systematisch Wettermeldungen von ungewöhnlichen Situationen zu sammeln. Da gerade die Sommerferien begannen, schickten wir unsere Kinder zu meiner Mutter und statteten sie so aus, dass sie dort längere Zeit bleiben konnten. Wir meldeten sie nicht von Schule und Kindergarten ab, aber sicherheitshalber bereits auf neuen Stellen an. Vorsichtig sahen wir uns nach Verbündeten um. Wir kannten aber keine mächtigen und einflussreichen Leute, die uns in dieser Situation beistehen konnten. Wegen unserer vielen Arbeit hatten wir überhaupt nur ganz wenige Freunde, wie wir nun bekümmert feststellten.

Schließlich ging ich zu Mac Ferguson, der vermutlich Luigis Chef war, und erkundigte mich, was im Falle eines Missbrauchs der Wetterkontrolle zu tun sei. Ich drückte mich vorsichtig aus, weil ich Mac Ferguson nicht einschätzen konnte. Vielleicht hatte ich mich allzu vorsichtig ausgedrückt, oder vielleicht wollte Mac Ferguson mich nicht verstehen; jedenfalls brachte die Besprechung kein Ergebnis. Oder doch? In der folgenden Nacht wurde eine Scheibe im Kinderzimmer mit einem Stein eingeworfen, und danach sirrte der Motor eines Elektrorades bei einem Schnellstart laut auf. Henry, der wegen Heimweh nach Hause zurückgekommen war, blieb unverletzt, aber das Zimmer lag voller Scherben, und ich schnitt mich am Fuß, weil ich in der Aufregung und Eile keine Schuhe angezogen hatte. Jetzt bekamen wir wirklich Angst und sahen auch ein, dass wir das Problem nicht allein lösen könnten. So beschloss ich, zunächst meine Schwester Helena um Hilfe zu bitten. Sofort nahm ich zu ihr Kontakt auf.

Helena hatte in Kiel Jura studiert und arbeitete dort als Staatsanwältin. Viel zu tun hatte sie nicht, weil die personalisierten Handys viele Spitzbuben wieder auf den Pfad der Tugend zurückgezwungen hatten. Außerdem wurde sie bei der Verfolgung von Korruption in der staatlichen Verwaltung immer wieder von höheren Stellen gebremst.

Helena wunderte sich, dass ich sie so verschwörerisch in Opas Wald treffen wollte. Normalerweise versammelten sich unsere Familien dort nur zu gemeinsamen Feiern, bei denen die Kinder sorglos zwischen den Bäumen auf Entdeckungen gingen, oder wenn die Erwachsenen Holz brauchten. Außerdem hatte ich mich so verklausuliert in meiner Mail ausgedrückt, dass Helena erst nach zweimaligem Lesen verstand, warum ich sie treffen wollte.

Während ich mit einem E-Fahrrad zum Wald fuhr, benutzte Helena ihren Gyrocopter. Dieser Tragschrauber benötigte zum Starten eine kleine Anlaufstrecke, weil sein Rotor sich erst im Fahrtwind zu drehen begann. Dafür verbrauchte der Copter viel weniger Treibstoff als ein richtiger Hubschrauber, da er nur einen Propeller mit einem sparsamen Motor für den Vortrieb hatte.

Opas Wald hatte sich stark verändert. Die Buchen hatten sich gereckt und wuchsen jetzt mit geraden Stämmen. Die Eichen mit der vernarbten Borke waren in die Breite gegangen. Turbopappeln waren kaum noch vorhanden; ihre Lebenszeit war abgelaufen, und ihre nackten Stämme waren durchlöchert von den Larven des großen Pappelbocks. Die wilden Brombeeren waren durch Lichtmangel völlig abgestorben und hatten nur noch braune, stachlige Ranken hinterlassen. An den wenigen Stellen mit Sonnenlicht gab es große Ameisenhügel mit hektischer Betriebsamkeit. Opas Hütte hätte dringend frische Farbe gebraucht, und die Lichtung davor war inzwischen von den Wildlingen der Eichen und Birken erobert worden. Als ich eintraf, war Helena gerade dabei, ihre Landebahn neben dem Wald von einigen Schößlingen zu säubern. Wir fielen uns in die Arme, und ich konnte meine Tränen vor großer Anspannung nicht zurückhalten. Dann brach die ganze Geschichte über Steinharts Betrug und die Bedrohung meiner Familie durch Luigi, von dem ich ihr ein Foto gab, wie ein Sturzbach aus mir heraus. Helena wurde sehr ernst: »In was für einer Welt leben wir bloß?«, fragte sie besorgt.

Sie wusste bereits, dass organisierte Verbrecher die Firma Gloobal und den Staat unterwandert hatten, aber dass sie auch die Wetterkontrolle an sich gerissen hatten, konnte sie sich nicht vorstellen. Zu Helenas Dezernat als Staatsanwältin gehörte auch der Bereich Wirtschaftskriminalität, aber sie hatte sich bisher nur mit den üblichen Betrügereien im Netz beschäftigt.

Als wir auf dem umgestürzten Stamm einer hundertjährigen vermoosten Eiche nebeneinander saßen, dachten wir noch lange an Opa und seine Prophezeiungen. Um 2007 hatte er gesehen, wie das Bankensystem weltweit in falsche Hände geriet und wie die Staatsfinanzen ausgeplündert wurden, und ihm war klar geworden, dass auch eine Wetterkontrolle missbraucht werden könnte. Helena staunte über seine Weitsicht. Aber was konnten wir nun tun? Auch Helena hatte nur begrenzte Möglichkeiten und konnte nicht allein gegen ein Netzwerk aus Egoisten, Betrügern und Verbrechern ankämpfen. Es war außerdem zu erwarten, dass diese Bande auch in höchsten politischen Gremien Rückendeckung fand.

Unser Problem war, dass die breite Öffentlichkeit die herbeigeführten Fehler der Wetterkontrolle nicht wahrnahm. Unwetter und Dürren hatte es immer schon gegeben. Warum sollten diese Katastrophen jetzt von Menschen ausgelöst worden sein? Das gesteuerte Wetter diente überwiegend den Bedürfnissen der Landwirtschaft und der besseren Ausnutzung der Solaranlagen und milderte ganz entschieden die Auswirkungen der globalen Erwärmung. Diese Tatsache war bereits nach kurzer Zeit selbstverständlich geworden. Gelegentliche Unfälle in fernen Regionen wurden von der Mehrheit als unvermeidbar hingenommen.

Die schlimmen Hitzeperioden der früheren Jahre, bei denen in den großen Städten Tausende gestorben waren, gehörten der Vergangenheit an. Was spielte es da für eine Rolle, wenn in Rio bei einem Bergrutsch einige Hunderte verschüttet wurden?

Helena und ich trennten uns, ohne einen Plan gefasst zu haben. Ich berichtete Linda von dem Gespräch mit meiner Schwester. Beide kochten wir vor Wut, beschlossen aber, zunächst Ruhe zu bewahren und Material zu sammeln, um Steinhart und Chauri überführen zu können. Das wurde zunehmend schwieriger, weil die beiden Verbrecher ihre Eingriffe geschickt zu verheimlich suchten. Sie verwehrten uns den Zugriff zum zentralen Rechner, sodass wir gezwungen waren, uns mit den allgemein zugänglichen Wettermeldungen der WMO (Welt-Meteorologischen Organisation) zu begnügen. Dadurch ließen sich unmittelbare Zusammenhänge zwischen der absichtlich falschen Lenkung von Tiefdruckgebieten und den dadurch verursachten Schäden nur schwer ableiten.

Eines Tages gab es großen Aufruhr im IAC. Steinhart war verhaftet worden! Ich war wie elektrisiert! Hatte Helena das veranlasst? War der Missbrauch jetzt nicht mehr möglich? Nur mit Mühe konnte ich mich zurückhalten, Helena sofort anzurufen, um Näheres zu erfahren. Gebannt saß ich vorm Fernseher. Aber die Anklage gegen Steinhart hatte nichts mit den Wettermanipulationen zu tun, sondern lautete auf sexuellen Missbrauch und Körperverletzung. Steinharts Freundin Karin war seiner überdrüssig geworden, weil sie inzwischen durchschaut hatte, wie wenig hinter seiner Fassade steckte. Sie ahnte, dass Steinhart nicht intelligent genug war zur Erfindung der Wetterkontrolle, mit der er so angab. Außerdem hatte sie beim zufälligen Blättern in Steinharts Unterlagen merkwürdige Zahlungseingänge nach Unglücken durch »falsches« Wetter entdeckt. Als sie das Thema angesprochen hatte, war es zum Streit gekommen. Steinhart hatte sie erst verprügelt und ihr anschließend die teure Uhr abgenommen, die er ihr einmal geschenkt hatte. Dabei hatte er Gewalt anwenden müssen, weil Karin die Uhr mit ihren Zähnen und ihren langen Fingernägeln verteidigt hatte. Da sie aus ihrer halbseidenen Vergangenheit noch einflussreiche Freunde hatte, nahm sich die Polizei dieses Falles an. Steinhart wurde verhaftet und hatte »schlechte Karten«.

Nun konnten wir wieder in den Routinedienst zurückkehren. Chauri konnte vermutlich keine Katastrophen mehr auslösen, denn er war nicht abgebrüht genug, um vor unseren Augen die Wettersteuerung zu missbrauchen. Wir vermieden eine offene Aussprache und atmeten vorsichtig auf, als lange Zeit nicht Schlimmes passierte. Aber eines Tages bekamen wir erneut ungebetenen Besuch.

Diesmal erschien Luigi in Begleitung. Sein Gefährte war einen Kopf größer als ich; er hatte die Figur eines Sumoringers mit dem rosigen Gesicht eines Kindes. Allerdings passten die kleinen Augen unter der niedrigen Stirn nicht zu einem Kindergesicht, sodass man bei seinem Anblick unwillkürlich an Gewalt dachte. Sein Anzug war zwei Nummern zu klein; die Knöpfe seiner Jacke drohten jeden Augenblick abzuspringen. Luigi hingegen trug einen Maßanzug; man konnte die Arbeitsteilung zwischen den beiden sofort erkennen. Mit seiner scharfen Stimme machte er den »Vorschlag«, in Chile einen Kupfertagebau zu fluten, weil die Besitzer mit gewissen Zahlungen – an wen, sagte er nicht – im Rückstand seien. Dann bestellte er schöne Grüße von einem Jungen aus der neuen Schule, die unser Sohn inzwischen besuchte. Linda lief ein kalter Schauer den Rücken herunter, und mich hielt nur die Anwesenheit des Ringers davon ab, Luigi zu schlagen.

Linda versuchte, Luigi klarzumachen, dass es nicht möglich sei, an einer Stelle in Chile genug Niederschlag zu konzentrieren, um die riesige Grube eines Tagebaus absaufen zu lassen. Aber Luigi wies auf Rio hin, da habe Steinhart es ja auch geschafft. Wir wurden noch blasser. Jetzt hatten wir zum ersten Mal mit eigenen Ohren gehört, dass Steinhart im Auftrag einer Verbrecherorganisation das Wetter zum Schaden anderer manipuliert hatte und wissentlich den Tod vieler Menschen in Kauf genommen hatte. Linda gab es auf, mit Luigi weiter darüber zu diskutieren, ob die Flutung des Tagebaus möglich war oder nicht. Wir glaubten, er sei zu ungebildet, um zu verstehen, dass zwar an einem Berghang mit dem Aufgleiten von Wolken viel Niederschlag erzeugt werden konnte, dass dies aber in einer regenarmen Ebene in Chile unmöglich war. Als die beiden ungebetenen Besucher endlich wieder verschwunden waren, verzweifelten wir fast. Den folgenden schlimmen Asthmaanfall überlebte Linda nur durch meine liebevolle Zuwendung.

Zum Arbeiten fehlte uns nun der Antrieb, also ließen wir dem Wetter einfach seinen natürlichen Lauf. Chauri beherrschte die Steuerung des Wetters noch nicht genügend. In Berlin und Hamburg regnete es am Tage. Das war seit Langem nicht mehr vorgekommen. In der Nacht hörte der Regen von selbst auf, aber am folgenden Tage regnete es wieder. Das war unser stummer Hilfeschrei. Nach einer Woche mit ebenso schlechtem Wetter wie in früheren Tagen wurden die Bewohner der großen Städte misstrauisch. Selbst unkritische Leute merkten, dass etwas nicht in Ordnung war.

Eine Regierungskommission erschien beim IAC und erwartete Antworten auf ihre Fragen. Ein Mitglied war Luigi. Deswegen schwiegen wir und ließen es einfach weiter regnen, soviel die Wolken hergaben. Luigi wusste, was gespielt wurde, aber er hielt seinen Mund, weil zu der Kommission auch (noch) ehrenhafte Mitglieder gehörten und er seine Rolle weiter spielen wollte. Eines Tages fehlte er bei einer der endlos langen ergebnislosen Sitzungen. Diese Gelegenheit nahm ich wahr. Ich deckte die Verbrechen von Steinhart und Chauri anhand der gesammelten und gut dokumentierten Beispiele auf und verschwieg auch nicht die Bedrohungen durch Luigi. Nach einer tumultartigen Sitzung versprach uns ein Mann, den wir noch nie richtig wahrgenommen hatten, die Bestrafung der Verbrecher. Erleichtert gingen wir nach Hause und waren mit der Welt wieder versöhnt.

Umso größer war der Schreck am nächsten Morgen. Früh um sechs Uhr wurde wild an unsere Wohnungstür getrommelt. Arglos öffnete ich die Tür, weil ich dachte, dass vielleicht ein Nachbar in Not sei. Aber da griffen schon zwei brutale Arme nach mir, und noch im Schlafanzug wurde ich mit Kabelbindern gefesselt. An mir vorbei stürmten schwarz gekleidete Männer in unser Schlafzimmer, rissen Linda aus dem Bett und fesselten auch sie. Ohne eine weitere Erklärung wurden wir beide in das Hamburger Untersuchungsgefängnis eingeliefert. Wir wurden der Sabotage angeklagt; uns wurden genau jene Taten vorgeworfen, die Steinhart und Chauri verbrochen hatten. Der Mann, der uns so freundlich die Bestrafung der Verbrecher versprochen hatte, war zwar im Vorstand von GI, gleichzeitig aber auch ein weiteres Mitglied der »ehrenwerten Gesellschaft« und hatte die besten Beziehungen zum Justizminister. Chauri trat als Zeuge der Anklage auf; unsere Lage gestaltete sich ziemlich aussichtslos.

Im IAC traten jüngere Wissenschaftler aus der zweiten Reihe an unsere Stelle, und Chauri setzte skrupellos seine kriminellen Aktionen fort. Allerdings konnte auch er es nicht in Chile regnen lassen, was ihm beinahe einen Schuss ins Knie aus Luigis 38er eingebracht hätte. Das war der Revolver mit dem Kaliber 38, den Luigi aus sentimentalen Gründen immer mit sich trug; den hatte er nämlich von seinem Großvater geerbt, der in der gleichen Branche tätig gewesen war.

Im Gefängnis wurden Linda und ich sofort getrennt und auch von den anderen Gefangenen isoliert. Ich zerbrach mir den Kopf, wie ich meiner Schwester Helena eine Nachricht zukommen lassen könnte, denn ich hoffte inständig, dass sie uns helfen könne. Meine Lage war trostlos. Täglich einmal am Tag wurde, während ich schlief, Verpflegung in die Zelle gestellt: eine Flasche Wasser, etwas Fleischartiges und trockenes Brot. Es gab nur eine französische Toilette, das heißt: ein Loch im Fußboden mit einem Wasserhahn daneben. Ein Fenster war nicht vorhanden, doch fortwährend brannte eine schwache Leuchte, sodass ich nicht wusste, ob es Tag war oder Nacht. Ich bemühte mich, die Tage zu zählen, aber weil sich mein Schlafrhythmus verschob, geriet ich bald durcheinander. Mir fiel auf, dass es nicht das kleinste Stückchen Holz in der Zelle gab. Ich sehnte mich so sehr nach meiner Frau und nach Opas Wald. Für jemanden, der in der Natur zu Hause war, ist es besonders schlimm, eingesperrt zu sein.

Noch mehr trug zu meiner Verzweiflung bei, dass ich das Wetter nicht beobachten konnte. Zudem machte ich mir Sorgen um meine Frau, denn sie war auf das Medikament »Aciclovir« gegen ihr Asthma angewiesen. Ich war so verzweifelt, dass ich an Selbstmord dachte. Das hatten meine Peiniger wohl so geplant, denn in einer Ecke lagen giftgrüne Kapseln!

Meine Schwester Helena hatte durch Gottfried Knospe von unserer Verhaftung erfahren, aber sie sah keine Möglichkeiten einzugreifen, erzählte sie mir später. Wie in ihren Kindertagen saß sie niedergeschlagen auf einem Hocker und hatte ihr schmales Gesicht in den Händen vergraben. Sie wusste, dass selbst der Justizminister nicht unabhängig war und dass sie allein nicht gegen Luigi, in dem sie den Drahtzieher vermutete, und seine Hintermänner ankommen würde. Allerdings hatte sie auch Mitarbeiter, auf die sie sich verlassen konnte. Sie beauftragte John, den sie einst aus dem Gefängnis geholt hatte, Luigi zu beschatten. John hatte in seiner Jugend als Mitglied einer Bande gedealt, bis er wegen angeblichen Mordes eines Bandenmitglieds verhaftet wurde. Bis ins Letzte hatte Helena die Hintergründe damals nicht aufklären können, weil die meisten Mitglieder der Gang dichthielten oder bereits tot waren, aber sie war überzeugt, dass nicht John seinen Freund umgebracht hatte, sondern dass der von seinen eigenen Leuten mit dem goldenen Schuss in Jenseits befördert worden war. Man hatte John die Sache anhängen wollen, weil er, wie auch sein Freund, aussteigen wollte.

Helena war sich bewusst, dass John von auffälliger Gestalt und daher zum Überwachen eigentlich ungeeignet war. Aber sie hoffte, Luigi würde nervös werden, sobald er die Beschattung erkannte, und würde dann irgendeinen Fehler machen. Sie hatte John einen Sender mitgegeben, der alles an sie weiterleitete, was Ohren auffangen konnten. Da hörte sie plötzlich einen Schuss, und kurz darauf verstummte ihr Spezialempfänger. Helena begriff sofort, dass John getötet worden war. Das gab ihr einen Stich ins Herz, weil sie John mochte, und sie fühlte sich an seinem Tod schuldig, weil sie diese Möglichkeit hätte bedenken müssen. Sie wusste, dass ihre Feinde keinerlei Bedenken hätten, jeden umzubringen, der ihre Geschäfte störte. Also befand sie sich nun selbst in großer Gefahr.

Sie rannte zu ihrem aufgetankten Gyrocopter, stieg ein und startete den Motor. Als Ziel programmierte sie Kristiansand ein und meldete sich entsprechend bei der Flugsicherung. Mit ihren Kollegen in Norwegen hatte sie früher gut zusammengearbeitet und erhoffte sich von ihnen Hilfe, denn die Regierungen der skandinavischen Länder galten als nicht korrupt. Als sie eine halbe Stunde in der Luft war, änderte sie die Flugrichtung in Richtung Nordseeküste. Sie überdachte noch einmal gründlich ihre Möglichkeiten, gegen Luigi und seine Hintermänner erfolgreich vorzugehen: »Keine Chance«, war ihr Fazit, denn auch in Norwegen setzte die ehrenwerte Gesellschaft ihre Killer im Untergrund ein.

Sie vermutete, dass sie selbst in Norwegen nicht in Sicherheit wäre. Darum steuerte sie Opas Wald an. Dort hatte sie für einen unbestimmten Notfall schon vor langer Zeit Vorbereitungen getroffen. Sofort nach ihrer Landung zapfte sie 45 Liter Diesel in drei Kanister ab, sodass gerade noch genug Treibstoff im Tank blieb, um den Copter bis zur freien Nordsee zu bringen. Dann schlug sie die Frontscheibe mit einem großen Stein ein, startete die Maschine und sprang ab, als sie sich knapp über dem Boden befand. Weil sie immer noch sportlich war, überstand sie das dreifache Überkugeln ohne Verletzungen. Sie winkte dem Copter wehmütig hinterher, denn mit ihm verschwand ihre berufliche Existenz. Wenn sie die vordere Scheibe nicht zerstört hätte, wäre der Gyrocopter nach dem Absturz über See nicht untergegangen; sie wollte aber den Anschein erwecken, dass Luigi jetzt von ihr nichts mehr zu befürchten habe, weil sie offenbar im Meer ertrunken war.

Im Wald hatte sie vor Jahren einen unterirdischen Gang gegraben und dort Vorräte für einen Nuklearunfall oder einen Krieg angelegt. Auch hatte sie viele gedruckte Bücher aufgestapelt, und trotz aller Sorgen freute sie sich ein wenig, endlich einmal viel Zeit zum Lesen zu haben. Hier in der vertrauten Umgebung fühlte sie sich von hohen

Bäumen geschützt. Sie war froh, dass sie von ihrem Opa gelernt hatte, mit einer Armbrust umzugehen und versteckt Kartoffeln anzubauen. Aber gleichzeitig war sie sich ihrer Hilflosigkeit bewusst. »Was soll bloß werden? Nur unsere Cousine Louise ist jetzt noch in Freiheit.«

Louise schreibt die Zehn Gebote neu

In Australien wurde das Klima immer unerträglicher. Auch ich, Louise, litt unter der Hitze. Schon lange hatten wir statt des Rasens vor unserem Haus nur einen grünen Filzteppich, weil das Gras verdorrt war. Für uns konnte auch die Wettersteuerung keinen Regen herbeizaubern. Der Kontinent war einfach insgesamt zu trocken. Wenn wir selten genug einmal Regenwolken am sonst immer blauen Himmel sahen, war es meistens so heiß, dass die fallenden Tropfen bereits auf ihrem Weg zur Erde verdampften. Meine Eltern und ich sahen die Fallstreifen des Regens sich gegen den Himmel abzeichnen, aber der verkrustete Boden blieb trocken. Es gab für uns nur zwei Stunden am Tag den vollen Wasserdruck, weil die Farmer bevorzugt versorgt wurden. Allerdings half auch ihnen das nicht viel, denn der Anteil für ihre Felder war ganz bildlich nur ein Tropfen auf den heißen Stein. In Perth und auch in Sydney, wo ich Journalismus studierte, sah ich viele Weizenfarmer, die ihre Ländereien verlassen hatten, weil die Halme mehrmals bereits vor der Ernte vertrocknet waren. Die einst reichen Landwirte zogen notgedrungen in die Städte, wo sie vom Staat kärglich versorgt wurden. Sie forderten auf großen Transparenten mit roter Schrift »Mehr

Regen«, da sie glaubten, die Regierung könne helfen. Nur weil es so unglaublich heiß war, gab es keine ernsthaften Unruhen; niemand hielt es im Freien lange aus. Neben den gewaltbereiten Farmern suchten auch viele unzufriedene Stadtbewohner nach Auswegen. Viele wollten zurück in die Länder ihrer Vorfahren und Australien wieder den Aborigines überlassen. Allerdings signalisierte Europa, dass es nicht bereit sei, neben den Flüchtlingen aus Asien noch weitere Menschen aufzunehmen; war der alte Kontinent doch bereits jetzt überfüllt.

Das Hin- und Herschieben von Menschen konnte kein rettender Ausweg für die Welt sein! Nicht nur für Australien, sondern für die ganze Welt musste es eine neue Lösung geben! Ich saß fast jede Nacht mit jungen Freeworkern und ergrauten Pensionären an der Hafenpier. Sie kannten mich schon gut, und häufig rief mir einer von ihnen zu: »Louise, schreib doch mal in deiner Zeitung über uns!«
Doch die Redaktion wollte nicht immer nur die Geschichten von verarmten Farmern veröffentlichen, die von der Dürre in die Städte getrieben worden waren.

»Hallo, Louise! Na, auch ein bisschen frieren?« So herzlich begrüßten mich häufig einige alte Männer, die ich in den öffentlichen Kältehallen Sydneys immer wieder aufsuchte, weil sie bereitwillig aus ihrem Leben erzählten. So wie es früher im nördlichen Europa im Winter Wärmehallen für Obdachlose gegeben hatte, konnten sich jetzt Leute ohne eigene Klimaanlage in öffentlichen Kältehallen aufhalten. Frauen und Kinder konnten so lange bleiben, wie sie wollten, aber Männern wurde nur eine begrenzte Zeit bewilligt, die sich nach ihrem körperlichen Zustand, dem Andrang in der Halle und der Leistung der Klimaanlage richtete. Weil viele Menschen sich zusätzliche Kältezeit erschleichen wollten, prüften Ärzte ihre Gesundheit. Dieser Job war höchst unbeliebt, denn es brauchte durchaus Härte, um Menschen zurück in die Hitzehölle nach draußen zu schicken. Aber wenn die Kompressoren der Klimaanlagen nicht mehr gegen die Wärmeerzeugung der vielen Leiber ankamen, gab es keine andere Möglichkeit.

In den Industrienationen hatte die Bevölkerung größtenteils inzwischen begriffen, dass der starke Anstieg des Kohlendioxids in der Atmosphäre die Ursache für die Erderwärmung war. Ich hatte aus Opas Nachlass die beiden Bücher von Mark Lynas bekommen, die auf Englisch geschrieben und darum für mich am leichtesten zu lesen waren. Opa hatte die Folgen der unbegrenzten Freisetzung von Kohlendioxid vorhergesehen und zur Mäßigung des allgemeinen Konsums aufgerufen. Trotzdem war alles in gewohnter Weise weitergegangen: mehr von allem! Schnellere Autos! Höhere Häuser! Größere und schnellere Flugzeuge! Kreuzfahrtschiffe mit noch mehr Luxus! Die Erde wurde ausgeplündert, als gäbe es kein Morgen. Und alles nur, da so genannte Ökonomen behaupteten, die Wirtschaft müsse beständig wachsen, damit es den Armen besser gehe!

Für mich gab es nur eine Folgerung: Die gewollte Verschwendung zur Ankurbelung des Umsatzes musste aufhören. Aber war das wirklich so einfach? Es gab zwar viele Superreiche, andererseits war der allgemeine Lebensstandard so weit herabgesunken, dass viele Menschen am Existenzminimum lebten. Wegen der Knappheit an Energie und Rohstoffen stagnierte die Wirtschaft. Unsere Vorfahren hatten in Saus und Braus gelebt, fast alles Erdöl verbraucht und uns dafür das Kohlendioxid überlassen. Die meisten von uns waren arm. Nur die Angehörigen einer abgehobenen Schicht lebten so, als gäbe es unendliche Ressourcen. Das eigentliche Problem war die gerechte Aufteilung der lebenswichtigen Güter. Die Situation schrie nach Aufstand und Revolution.

Mir war jedoch klar, dass bei Verteilungskämpfen riesige Schäden entstünden. Eine Zerstörung der Transportwege und der Computerzentralen würde zum Zusammenbruch der Versorgung aller Menschen in den großen Städten führen. Und da die Vorräte an Lebensmitteln immer nur für drei Tage im Voraus reichten, würden schnell Anarchie und Plünderungen mit Mord und Totschlag ausbrechen. Alle, auch die Reichen, würden verlieren. Um den Frieden zu erhalten, glaubte ich, seien Einsicht und freiwilliger Verzicht der Besitzenden nötig. Das wäre aber beides neu in der Weltgeschichte. Andererseits gab es noch nie so viele gebildete und gleichzeitig arme Menschen wie in diesen Zeiten, und sie spürten, dass die krassen Einkommensunterschiede zu einer Revolution führen könnten. Vielleicht gab es, wie in der Entwicklung eines egoistischen Kindes zum verantwortungsvollen Erwachsenen, auch eine Entwicklung der Menschheit?

Ich beschloss, wie ich es früher schon einmal geplant hatte, in die Wüste zu gehen, um meine Gedanken dort in Ruhe zu ordnen. Nur ein kleines Zelt, ein Solarpaneel für meinen

Laptop und viel Wasser nahm ich mit, als ich mich in die Darling-Ebene nordwestlich von Sydney zurückzog. Viel lieber wäre ich in Opas Wald gegangen, aber der lag auf der anderen Seite des Globus. In der australischen Wüste war ich zwar allein unter meinem Sonnensegel, aber durch das World Wide Web hatte ich Zugriff auf die Literatur der Welt aus allen Jahrhunderten, soweit die Digitalisierung reichte. Das war der Unterschied zu Moses, der vierzig Tage in der Wüste lediglich über den Zehn Geboten gegrübelt hatte. Die flirrende Hitze am Tage und der leuchtende Sternenhimmel des Nachts mit dem Kreuz des Südens aus den vier Sternen Acrux, Becrux, Gacrux und Decrux versetzten mich in eine seltsame Stimmung. Zeitweilig war ich so niedergedrückt wie Atlas, der in der griechischen Mythologie die Erdkugel auf seiner Schulter trug, aber kurz darauf schien ich im Orbit euphorisch und schwerelos den wunderbaren blauen Planeten aus der Internationalen Weltraumstation zu betrachten. Dann wieder erschauderte ich vor der mir selbst auferlegten Aufgabe. Aber ich war fest davon überzeugt, dass nach der Zähmung des Wetters auch die Gier der Menschen gezähmt werden müsse und könne. Unsere Ziele und unser Handeln durften auf keinen Fall mehr durch unser genetisches Programm aus der Steinzeit mit einem »mehr von allem« bestimmt werden.

Aufgrund vieler Gespräche mit Menschen aus allen Gesellschaftsschichten drängte alles in mir nach Gerechtigkeit und Ausgleich. Aber ich wollte keine neue Religion oder Weltanschauung stiften, denn die Erfahrung hatte gezeigt, dass gerade damit immer noch mehr Streit und Kampf entstanden war. Und obwohl ich wie alle Mitglieder meiner

Familie christlichen Glaubens war, fühlte ich, dass neue Regeln für die ganze Welt nicht nur von meiner persönlichen Vorstellung von Gott bestimmt werden durften. Neue Gebote für das Zusammenleben der Menschen sollten nicht metaphysisch, sondern rational begründet werden. Sie durften nicht durch Feuer und Schwert wie beim Christentum oder durch Unterdrückung wie beim Kommunismus den Menschen aufgezwungen werden, sondern sie sollten sich über einen Mehrheitsbeschluss durchsetzen, nachdem die Menschen zur Einsicht gekommen waren.

Auch wenn man ein zerfallenes Haus abreißt, um Neues zu bauen, ist es klug, die alten, bewährten Fundamente weiter zu verwenden. Ich ging die Geschichte der Menschheit durch: Am längsten überdauerten stets Gemeinschaften, die durch eine Religion zusammengehalten wurden. Ich wusste einiges von den großen Weltreligionen, dem Islam, dem Buddhismus, dem Hinduismus. Aber im Christentum war ich verwurzelt. Am Anfang gab es lediglich eine Gemeinschaft von Sklaven und Unterdrückten, ehe das Christentum sich zur Staatsreligion im Römischen Reich entwickelte. Seine Macht bezog es einerseits aus der Drohung mit Hölle und Verdammnis, andererseits aus dem Versprechen auf ein Paradies nach dem Tode. Doch die heutigen Menschen ließen sich weder auf ein fragwürdiges Jenseits vertrösten, wie durch Religionen, noch auf eine ungewisse Zukunft, wie durch den Kommunismus.

Angestrebtes Ziel musste ein menschenwürdiges Überleben im Diesseits sein! Und das würde es nur mit einer neuen Einstellung zu Besitz und Verbrauch und zum Umgang miteinander geben. So nahm ich mir die zweitausend Jahre alten Zehn Gebote der Heiligen Schrift vor und schrieb sie um. Absichtlich fortgelassen habe ich dabei die ersten drei Gebote aus Martin Luthers Kleinem Katechismus, bei denen es um Gott geht. Jeder sollte seinen Glauben an seinen eigenen Gott behalten dürfen, ihn aber nicht anderen vorschreiben wollen. Als erstes und oberstes Gebot setzte ich fest:

»1. Liebe deine Nächsten!«

Die Maxime des Neuen Testamentes mit dem Wortlaut »Liebe deinen Nächsten!« wandelte ich durch einen einzigen entfallenden Buchstaben ab. Damit hatte das Gebot plötzlich eine weiter reichende Bedeutung; denn jetzt galt es nicht nur für die Gegenwart, sondern reichte auch in die Zukunft, weil mit »deine Nächsten« auch die folgenden Generationen gemeint sind. Bei all unserem Handeln sollten wir auch an unsere Nachfahren denken, damit die Kette des Lebens nicht abreißt.

Aber genauso, wie die Erde nicht mehr Mittelpunkt des Alls wie im Mittelalter war, dürfte auch der Mensch nicht mehr Mittelpunkt allen Lebens sein. Darum sollten die beiden nächsten Gebote die Natur, von der wir alle leben, schützen:

»2. Du sollst alle Tiere lieben, denn sie sind deine Verwandten!«

Sogar wilde Tiere haben ihre Daseinsberechtigung im Kreislauf des Lebens, und unsere Spezies muss Raum lassen selbst für Arten, die uns auf den ersten Blick schädlich erscheinen.

Damit Menschen und Tiere leben können, müssen wir auch die Pflanzen als Bestandteil der Schöpfung schützen, denn wir sind auf ihre Sauerstofferzeugung angewiesen.

»3. Du sollst alle Pflanzen wertschätzen, denn sie spenden dir die Luft zum Atmen und sind die Grundlage allen Lebens!«

Damit meinte ich, dass alle Arten eine Daseinsberechtigung haben, einschließlich der so genannten Unkräuter.

Damit wir Menschen uns nicht gegenseitig die Grundlagen unseres Lebens rauben, muss mit der Erzeugung von Nachkommen verantwortungsvoll umgegangen werden. Darum erweiterte ich das vierte Gebot:

»4. Kinder, ehret Mutter und Vater; Eltern, liebt eure Kinder!«

Das bedeutet, jeder soll nur so viele Nachkommen in die Welt setzen, wie er ernähren und bilden kann!

»5. Du sollst nicht morden!«

Das ist zwar selbstverständlich, musste aber trotzdem gesagt werden.

»6. Du sollst deinen Partner, Mann oder Frau, wegen eines anderen Partners nicht leichtfertig unglücklich machen!«

Mit dem sechsten Gebot der Bibel sollte die Kontinuität der Gesellschaft gesichert werden, darum übernahm ich es mit einer kleinen Ergänzung. Allerdings war ich mir im Klaren, dass ich den Schmerz einer Trennung vom geliebten Partner nicht abschaffen konnte. Das Gebot gegen

Ehebruch war nicht mehr aktuell, weil es inzwischen viele Formen des Zusammenlebens gab. Außerdem konnte lebenslanges Zusammenbleiben nicht in jedem Fall das oberste Ziel sein. Ich wusste aus vielen Lebensberichten von Beziehungen, die beendet werden mussten, weil die Partner sich zu unterschiedlich entwickelt hatten. Niemand sollte seine Persönlichkeit aufgeben müssen, nur um den anderen nicht leiden zu lassen; aber jeder sollte den Schmerz des anderen so gering wie möglich halten.

»7. Du sollst nur besitzen, was du selbst verdient hast oder was deine Eltern ehrlich erworben haben!«

Im alten siebten Gebot wurde das Stehlen verboten. Eine Selbstverständlichkeit, an der nichts geändert werden sollte. Mich störte aber, dass manche Menschen ohne eigene Arbeit lediglich von dem Vermögen ihrer Vorfahren lebten. Zwar sollte niemand aus dem Haus seiner Eltern vertrieben werden, denn durch gemeinsamen Besitz werden Familien zusammengehalten, aber riesige Besitztümer sollten nicht allein den Erben, sondern auch der Allgemeinheit zugutekommen.

»8. Du sollst nicht mobben!«

Das ist nur die moderne Ausdrucksweise des alten achten Gebotes »Du sollst nicht falsch Zeugnis reden wider deinen Nächsten.«

»9. Du sollst deinem Nachbarn Raum geben!«

Das alte neunte Gebot verbietet das Vertreiben des Nachbarn von Land und Haus. Die meisten heutigen Heimatlosen sind die Nachfahren derer, die von ihrem Haus und

Hof vertrieben wurden. Die Fortsetzung dieses Gebotes in die Gegenwart verlangt, dass Land und Wohnraum gerecht und nach Bedürftigkeit verteilt werden.

Beim Lesen des Buches von Carl Amery »Das Ende der Vorsehung« wurde mir klar, dass der Spruch des Alten Testamentes »Machet euch die Erde untertan!« eine wesentliche Ursache für die Ausbeutung unseres Planeten war. Dieser Satz musste in sein Gegenteil verkehrt werden, indem wir unsere Ansprüche zurückschrauben. Daher fasste ich alles in dem letzten Gebot zusammen mit:

»10. Lebe bescheiden!«

Mit diesem für mich wichtigsten Gebot wandte ich mich gegen die Maßlosigkeit, die uns an den Rand des Abgrunds geführt hatte. Warum musste zum Beispiel in den USA und in Deutschland fast jeder Einzelne ein Auto für sich allein beanspruchen, in dem fünf Personen fahren könnten? Warum mussten Touristen mit riesigen Flugzeugen in ferne Länder gebracht werden, von denen ihnen geeignete Filme viel mehr Einsichten vermitteln könnten als ein kurzer Aufenthalt? Warum mussten zu jeder Jahreszeit tropische Früchte in jedem Shoppingcenter angeboten werden? Wozu brauchte ein Single ein Haus mit 20 Zimmern, selbst wenn er ein berühmter, reicher Schauspieler war?

Anders als ich es mir vorgestellt hatte, konnte ich es nicht 40 Tage in der Wüste aushalten, denn es war dort jetzt vermutlich heißer als zu Moses' Zeiten. Ich war dehydriert, und im Krankenhaus von Sydney musste mein Blutkreislauf vorsichtig wieder aufgefüllt werden. Da aber viele Leute ebenso ausgedörrt wie ich eingeliefert wurden, machte man um diese übliche Maßnahme nicht viel Aufhebens. Meine Eltern waren froh, als ich mich über das kostenlose Bildtelefon Skype zurückmeldete. Ich legte vorsichtshalber ein dünnes Tuch über die Linse meines Laptops, damit sie nicht sehen konnten, wie abgemagert ich war.

Als ich mich wieder bei der »Tribune« zurückmeldete, hatte der Wissenschaftsredakteur sogleich einen Auftrag für mich. Ich sollte nach Europa fliegen und herausfinden, was es mit dem IAC auf sich habe. Es gebe da Gerüchte über Fehler bei der Wettersteuerung. Ich sollte der Angelegenheit nachgehen.

Das passte mir gar nicht, denn eigentlich brannte ich darauf, meine Überlegungen aus der Zeit in der Wüste im vertrauten Kreis an der Hafenpier in Sydney zu diskutieren. Außerdem wollte ich mich erst ein wenig ausruhen und zu Kräften kommen, bevor ich wieder an die Arbeit ging.

Mit Rücksicht auf meinen angegriffenen Zustand erlaubte mir die Reisestelle meiner Zeitung großzügig, mit einem der modernen Hochseekatamarane nach Hamburg zu fahren statt zu fliegen. Die jetzt übliche Nordostpassage führte durch die Beringstraße über den inzwischen eisfreien Nordpol. Für eine der ersten Passagen unter Kapitän Valery Durow war dies 2009 wegen der fast geschlossenen Eisdecke noch ein Abenteuer gewesen, aber jetzt schwammen nur noch wenige dünne Eisschollen auf dem Meer. Dafür ließen sich zahllose Seehunde beobachten. Ihre Feinde, die Eisbären, waren verschwunden, weil diese Jäger keine soliden Eisschollen als lebensnotwendige Ruheplätze mehr fanden.

Die Likedeeler greifen durch

Schon an Bord versuchte ich über Satellitentelefon mit meinem Cousin Felix Kontakt aufzunehmen, aber alle meine Anrufe kamen entweder wegen heftiger ionosphärischer Störungen durch Sonneneruptionen nicht durch oder sie wurden nicht beantwortet. Ich blieb gelassen, in der Erwartung, Felix und seine Frau sicherlich im IAC persönlich zu treffen. Als ich an Bord von einem Schauer mit eiergroßen Hagelkörnern in den Niederlanden hörte, der dort zwei Quadratkilometer Glasflächen von Treibhäusern zerstört hatte, nahm ich mir vor, Genaueres zu diesem Unglück zu erfragen. Eigentlich wäre es die Aufgabe der Wetterkontrolle gewesen, gerade solche Hagelschauer zu verhindern.

In Hamburg mietete ich an der Pier mit meiner Kreditkarte ein rotes Leihfahrrad und radelte, geleitet von dem eingebauten Navi, zum IAC. Ich ließ mich beim Pförtner registrieren und wurde zunächst nach gefährlichen Gegenständen durchsucht, weil mein Handy in Deutschland nicht registriert war. Ich erschrak, als dann der Mann am Tresen behauptete, weder Felix noch Linda zu kennen. Deshalb wurde ich nicht eingelassen. Ich war wie vor den Kopf geschlagen. Wie sollte ich jetzt meine Reportage schreiben, für die ich die lange Reise von Australien bis Hamburg unternommen hatte? Erst einmal ging ich in die nächste Sojatrinkstube, um zu überlegen, wie ich weiter vorgehen solle.

Zunächst versuchte ich Chauri, den Chef des IAC, direkt anzurufen. Als ich der Sekretärin mein Anliegen vortrug, wurde plötzlich die Verbindung unterbrochen. Bei weiteren Anrufen war ständig besetzt. So kümmerte ich mich erst einmal um eine Unterkunft.

Mein Spesensatz hätte durchaus für ein Zimmer in einem Hotel mit dem üblichen Luxus gereicht, doch ich zog ein Schubladenhotel vor, weil es nur ein Drittel kostete. Es machte mir nichts aus, zum Schlafen in eine Art Kiste zu steigen und in eine Nische geschoben zu werden. Meine Schublade hatte immerhin einen Kommunikator und eine Klimaanlage. Es gab viele Menschen des unteren Mittelstandes, die nur noch auf diese Weise hausten, weil sie sich eine Wohnung nicht mehr leisten konnten. Für die Ärmsten gab es Schubladen in Primitivversion in einem Hochregal ohne allen Komfort; sie wurden rücksichtslos auf die Straße gekippt, wenn die bezahlte Frist abgelaufen war. Für etliche andere Leute, die ohne Schutz auf dem Bürgersteig schliefen, war selbst ein verschlossener Kasten noch ein unglaublicher Luxus, denn darin waren sie mitsamt ihren wenigen Habseligkeiten während des Schlafens sicher untergebracht.

Als letzte Möglichkeit, doch noch zu einer Reportage zu kommen, fiel mir schließlich Steinhart ein. Ich kannte ihn nur aus den Nachrichten und wusste, dass er wegen einer Anklage auf Vergewaltigung im Gefängnis saß. Am nächsten Morgen ging ich zu einer Polizeistation und legte meinen Presseausweis vor. Als ich mich nach Steinhart und nach meinem Cousin erkundigte, wurde mir bereitwillig mitgeteilt, dass Steinhart immer noch in »Santa Fu« wegen der Anzeige durch seine Freundin einsaß, aber von Felix und Linda wusste man angeblich nichts. Steinharts Verhandlung kam nicht recht voran, denn es gab keine gerichtsfesten Beweise gegen ihn. Es stand Aussage gegen Aussage. Immerhin durfte ich ihn besuchen. Nach den Eingangskontrollen im Gefängnis und einer Leibesvisitation saß ich Steinhart an einem breiten Tisch gegenüber. Er war blass, und seine schlecht rasierten Wangen wirkten eingefallen. Er trug keine Anstaltskleidung, aber sein Anzug sah abgetragen und schmutzig aus. Er war froh, dass ihn jemand besuchte, denn als Untersuchungsgefangener saß er immer noch in Einzelhaft. Die Einsamkeit ließ viele Worte aus ihm heraussprudeln, aber er erzählte nichts, was den IAC betraf und was mich natürlich besonders interessiert hätte. Er wollte auch nicht über Felix oder Linda sprechen, sondern nur darüber, wie ungerecht er behandelt werde und wie schlecht seine ehemalige Lebensgefährtin sei.

Nach einer halben Stunde verließ ich Steinhart wieder. Ich wunderte mich, dass er über Felix und seine Frau Linda geschwiegen hatte. Schließlich hatten sie doch zusammen eine bahnbrechende Veröffentlichung gemacht, auf der die Wetterkontrolle aufbaute. Ich verfiel in tiefes Grübeln. Was war hier nicht in Ordnung? Am nächsten Tag bemühte ich mich wieder um einen Termin bei dem Leiter des IAC, aber

Herr Chauri war wegen angeblicher Arbeitsüberlastung nicht zu sprechen. Ich wusste nichts Rechtes anzufangen und ging darum erst einmal zur HafenCity. Die war 2015 ein moderner und teurer Stadtteil Hamburgs gewesen, aber durch die häufigen Überflutungen waren die meisten Gebäude nicht mehr als repräsentative und luxuriöse Wohn- und Geschäftshäuser nutzbar. In den oberen Etagen hatten sich Flüchtlinge aus überschwemmten Stadtteilen und untergegangenen Staaten mit ihren Kultur- und Essgewohnheiten eingenistet. Mich zog es dorthin, weil diese Gegend mich sehr an Sydney erinnerte. Die meisten Wohnungen hatten inzwischen kein Fensterglas mehr, aber wegen der hohen Temperaturen und des geregelten Wetters gab es keine Notwendigkeit für Reparaturen. Während ich an einem offenen Stand auf meine Nudelsuppe wartete, versuchte ich, mit Helena zu telefonieren.

Aber auch damit hatte ich kein Glück. Es meldete sich nur eine Computerstimme, die versprach, meinen Anruf weiterzuleiten. Ich war verwirrt. Nur wegen der tiefen Bräunung aus der Zeit in der Wüste fiel es nicht auf, dass mein Blut aus dem Gesicht gewichen war. Ich beschloss, Steinhart ein zweites Mal zu besuchen, da ich nichts Besseres zu tun hatte. Er freute sich, mich wiederzusehen, denn ich war offensichtlich die einzige Besucherin in seiner Einsamkeit. Diesmal ließ er eine Bemerkung über Felix und Linda fallen: »Die beiden waren einfach zu dumm! Wir drei hätten die Welt beherrschen können, aber sie wollten ja unbedingt Gutmenschen sein!« Als ich nachhakte, verstummte er plötzlich und brachte trotz meines Bemühens kein Wort mehr hervor. Nachdenklich verließ ich »Santa Fu«. »Was kann Steinhart gemeint haben?«, überlegte ich auf meinem Rückweg zur Hafencity. Vor einer großen Pubview, die an der Ruine der Elbphilharmonie angebracht war, hatten sich viele Menschen versammelt; es wurden gerade wieder die riesigen zerstörten Glasflächen der niederländischen Gewächshäuser und einzelne eiergroße Hagelkörner gezeigt.

Mir fiel ein Mann auf, der immer wieder heftig den Kopf schüttelte. Ich sprach ihn an. »Die Wetterkontrolle macht Fehler«, stieß er hervor. Als ich nachfragte, konnte er seinen Rededrang nicht zurückhalten. Sein Name war Böttcher. Er hatte früher als Meteorologe gearbeitet und davon gelebt, das Wetter vorherzusagen. Damals war er auch im Fernsehen aufgetreten, mit einer erfolgreichen Homepage im Netz. Ich entschuldigte mich mit meiner australischen Herkunft für meine Unkenntnis und fragte hellwach weiter. Böttcher war froh über eine Zuhörerin und meinte: »Am Anfang hat die Wetterkontrolle gut gearbeitet, aber seit die beiden Hinzpeters nicht beteiligt sind, geschieht ein Unglück nach dem anderen. Jetzt wird mit Absicht Mist gebaut!«

Mir kam ein furchtbarer Verdacht. Ich fragte Böttcher, ob er sich vorstellen könne, dass Verbrecher absichtliche Katastrophen bestellten. Böttcher fasste mich am Arm und zog mich aus dem Menschenknäuel. »Das muss wohl so sein«, flüsterte er. Wir gingen in eine verlassene Seitenstraße, und er erzählte mir von seinem Verdacht. Gangster hatten ihre Einkünfte aus Prostitution und Drogenhandel verloren. Rauschgifte waren freigegeben, und Prostitution lohnte sich schon lange nicht mehr, weil es wegen der Überbevölkerung genügend freischaffende Damen gab. Böttcher hielt es für möglich, dass eine Art Mafia die Wetterkontrolle nutzte, um säumige Zahler zu erpressen und zu bestrafen. Als ich ihn fragte, ob Felix und Linda, die er beide aus der Meteorologischen Gesellschaft kannte, vielleicht von der »ehrenwerten Gesellschaft« beseitigt worden sein könnten, weil sie das falsche Spiel nicht mitmachen wollten, schlug er sich mit der Hand an seine hohe Stirn, die bis zum Hinterkopf reichte. »Ich Hornochse!«, rief er aus. Verdutzt fragte ich ihn, was denn ein Hornochse sei. Genau wusste er das auch nicht, aber in grauer Vorzeit seien Ochsen zum Ziehen von Karren benutzt worden und die hätten vor ihrem Kopf ein Brett gehabt, an dem die Deichsel befestigt war. Wegen dieses Brettes konnten sie nicht sehen, was direkt vor ihnen lag. »So muss es sein!«, rief er aus. »Man hat die beiden Hinzpeters aus dem Verkehr gezogen. Hoffentlich leben sie noch«, setzte er besorgt hinzu. Mich überlief trotz der Hitze eine Gänsehaut. Ich hatte nicht mitbekommen, in welchen Schwierigkeiten mein Cousin Felix sich befand, und ich vermutete jetzt, dass auch Helena zumindest verschleppt worden war. Als ich Böttcher meine Befürchtungen mitteilte, erinnerte er sich daran, von einer suspendierten Staatsanwältin gehört zu haben, die ihre Befugnisse angeblich überschritten hatte. Das passte für mich genau ins Bild. Welch ein glücklicher Zufall, dass ich in Böttcher einen Verbündeten gefunden hatte. Wir holten meine Reisetasche aus dem Schubladenhotel und Böttcher nahm mich mit in seine Einraumwohnung, obwohl die für ihn zusammen mit seiner Frau und seinen erwachsenen Zwillingen schon reichlich eng war.

Böttcher kannte noch viele einflussreiche Leute von seiner Tätigkeit als Meteorologe beim lokalen Fernsehen und hatte auch hervorragende Verbindungen zu überregionalen Sendern. Es gelang ihm, dass ich zu einer Talkshow während der besten Sendezeit eingeladen wurde. Nach der Präsentation eines Ozeanographen, der über sterbende Wale berichtete, folgte mein Auftritt. Das passte bestens, weil der Meeresbiologe vorher erklärt hatte, die Wale seien zwar geschützt, aber sie verhungerten, da durch die Erwärmung der Meere nicht mehr genügend Krill für diese Säugetiere vorhanden sei, und der Rest der kleinen Krebse werde mit riesigen Fabrikschiffen abgefischt, da jetzt Krill auch zur Ernährung der Weltbevölkerung verwendet werde.

Als ich im Anschluss an diesen Vortrag von meinen Meditationen in der australischen Wüste erzählte und dabei an Moses anknüpfte, verstummte das Gemurmel der Zuhörer. Ich trug mit fester Stimme meine Neufassung der zehn Gebote vor. Zusätzlich wurden die neuen weltlichen Gebote auf einer Anzeigetafel in schwarzer Schrift eingeblendet. Am ausführlichsten ging ich ein auf das erste Gebot »Liebe deine Nächsten!«. Ich musste es mehrmals erklären, denn die Teilnehmer kannten nur »Liebe deinen Nächsten« und bemerkten zunächst das fehlende »n« nicht. Aber am Ende hatte ausnahmslos jeder begriffen, dass sich das erste Gebot nicht nur auf die jetzt lebenden Menschen bezog, sondern auch auf die folgenden Generationen.

Der Sinn der übrigen Gebote ergab sich ganz von selbst, und mit Hilfe der Texteinblendungen, die wie die Gesetzestafeln aus der Bibel gestaltet waren, konnte ich meine

Erkenntnisse aus der Wüste den im Studio Anwesenden nahebringen.

Alles begründete ich in einfach verständlichen und gut überlegten Worten. Ich gab auch dem christlichen Begriff der Sünde eine neue Bedeutung. Als Sünde galt jetzt alles, was den Bestand der menschlichen Gemeinschaft gefährdete. Dann machte ich eine lange Pause, um jedem die Gelegenheit zu geben, über seine Sünden nachzudenken.

Dadurch breitete sich vollkommenes Schweigen im Saal aus, denn was ich vorgetragen hatte, ging viel tiefer als der übliche Smalltalk.

Die Zuhörer spürten, dass hier eine zeitgemäße Ethik für alle Menschen, unabhängig von ihrer Herkunft und Religion, vorgestellt wurde.

Als ich mich schließlich bei den Studiogästen für ihre Aufmerksamkeit bedankte, brach ein Beifallssturm los, wie ihn der Raum lange nicht erlebt hatte. Vielleicht hatte ich etwas formuliert, was viele schon lange gedacht, sich aber nicht auszusprechen getraut hatten.

Noch im Studio beschloss eine kleine Gruppe von Leuten, sich zusammenzuschließen, um meine Vorstellungen zu verbreiten, damit die neuen Gebote zur Grundlage neuer Gesetze werden konnten. Ich musste all meine Überredungskunst aufbieten, um die voreilige Gründung einer Partei zu verhindern. Aber als ich mit Böttcher durch die auch nachts noch überfüllten Straßen in seine bescheidene Wohnung zurückging, hatten wir beide das euphorische Gefühl, dass nun bald bessere Zeiten anbrechen würden.

Am nächsten Morgen setzte allerdings schon Ernüchterung ein. Ich war mir darüber im Klaren, dass jetzt Weichen gestellt werden mussten. Zweifellos musste eines Tages eine Partei gegründet werden! Aber wie konnten die Opportunisten und Schmarotzer ferngehalten werden, die in allen vorangegangenen Bewegungen bereits bei der Gründung die festgelegten Prinzipien verraten und so den Keim des Unterganges eingeschleust hatten?

Ich hatte meine Tante Claudia, Helenas und Felix' Mutter, lange nicht gesehen, aber nun suchte ich sie auf. Das war nicht so einfach, da sie in einem abgesperrten Bezirk wohlhabender Bürger hinter hohen Mauern mit einer privaten Wache am einzigen Eingang lebte. Claudia konnte sich das leisten, weil ihr Ehemann bei einer Ölgesellschaft arbeitete, die sich rechtzeitig vor dem Versiegen der letzten Quellen auf alternative Energien umgestellt hatte. Mit ihrem mädchenhaften Körper und dem schmalen Gesicht war sie eine Schönheit gewesen, aber die Verzweiflung über das Verschwinden ihrer Kinder hatte ihr Gesicht fahl und ihr Haar grau werden lassen. Sie hatte keine Vorstellung, wo ihr Sohn und seine Frau waren und ob sie überhaupt noch lebten. Sie hatte überhaupt keine Lust, mir bei der Gründung einer Partei zu helfen. »Es hat alles keinen Sinn«, sagte sie ein um das andere Mal.

Ich ließ mich aber nicht entmutigen und machte meiner Tante klar, dass ihr Sohn und ihre Schwiegertochter nur durch politische Umwälzungen gerettet werden könnten. »Falls sie noch leben«, dachte ich im Stillen. Claudia war Juristin und ihre Stärke war eindeutiges Formulieren. Mit ihrem scharfen Verstand erkannte sie schließlich, dass ich recht hatte. Ein Ruck ging durch ihren Körper; ihre blauen Augen blitzten wieder auf und sie versprach, mir bei der Gründung einer Partei beizustehen, nicht nur, um ihren Kindern zu helfen.

Auf dem Kommunikator sahen wir uns noch einmal die Talkshow an, die inzwischen auf allen Kanälen wiederholt wurde. Ich hatte die Aufzeichnung noch nicht gesehen und staunte, wie überzeugend ich aufgetreten war. Den ganzen Abend verbrachten wir am Computer mit der Formulierung von Parteistatuten. Dass die Zeit für meine Besuchserlaubnis bereits überschritten war, merkten wir erst, als der Sicherheitsdienst vorbeikam, und nur weil Claudia den Wachmann persönlich kannte, durfte ich die Nacht über bleiben.

Lange grübelten wir über den Namen der neuen Partei. Alle alten Begriffe wie »sozial«, »liberal« und »frei« waren schon besetzt. Eine kleine Partei, die Piraten, profitierte im Wesentlichen davon, dass diese Schlagworte abgenutzt waren. Claudia und ich sympathisierten mit den frischen Gedanken der Piraten, und so kam Claudia auf die Idee, einen Begriff aus diesem Umfeld zu wählen. Dabei fielen ihr die Likedeeler ein. Um 1400 waren das Piraten gewesen, bei denen aber im Gegensatz zu der damals allgemein hierarchischen Ordnung auch die Mannschaft ein Mitspracherecht hatte. Die Bezeichnung Likedeeler ist niederdeutsch und bedeutet »Gleichteiler«. Nach einem Überfall bekamen nämlich alle Kämpfer den gleichen Anteil von der Beute.

Am nächsten Tag ging ich mit den frisch formulierten Statuten zu Böttcher und wir arbeiteten weiter daran. Als wichtigsten Grundsatz legten wir beide fest, dass jedes neue Mitglied der Likedeeler (LD) drei Bürgen benötigte und dass diese bei Verfehlungen des neuen Mitgliedes auch selbst die Partei wieder verlassen mussten. Böttcher und ich bestimmten, dass alle Mitglieder zumindest grundsätzlich nach den »neuen« Zehn Geboten leben mussten. Das Gebot der Bescheidenheit war für uns das wichtigste.

Über das Netz meldeten sich in kurzer Zeit Tausende bei Böttcher, um mitzuarbeiten. Besonders wertvoll waren Mitglieder der Piratenpartei, die ihre EDV-Infrastruktur zur Verfügung stellten. Es zeigte sich, dass ich nur wenige neue Mitglieder zurückweisen musste, weil Protzer und Verschwender gar nicht auf die Idee kamen beizutreten. Allerdings waren die Lebensbedingungen bereits so schwierig geworden, dass die meisten Bürger zwangsweise einfach und bescheiden leben mussten.

Ehe ich mich versah, stand ich an der Spitze einer dynamischen Bewegung, die zwar viele Mitglieder, aber keinen politischen Einfluss hatte. Zunächst erhielt sie Unterstützung von allen Seiten. Erst einige Zeit später merkten die Produzenten der üblichen Massenware verärgert, dass die geforderte Bescheidenheit beim Konsum der Wirtschaft schadete. Modehäuser, Turnschuhhersteller, Handy-Produzenten und die Hersteller komplizierter Sportgeräte setzten also eine gut finanzierte Gegenkampagne in Gang, um meine Gedanken als kommunistisch und terroristisch zu verleumden.

Die hasserfüllte etablierte Führungsschicht hätte mich am liebsten umgebracht. Aber mir war inzwischen von einem bekehrten reichen Anhänger der LD ein solides Haus an der Elbchaussee überlassen worden, mit hohen Mauern um das Grundstück herum. Dort wurde ich Tag und Nacht von Freunden bewacht.

So seltsam das für eine Partei mit einem Piratennamen auch klingt: Die Parallelen zu den Anfängen der Christenheit sind unübersehbar. Auch kurz nach Christi Geburt bestanden die Gemeinden fast nur aus der untersten Schicht der Bevölkerung, nämlich Sklaven und Besitzlosen, und wurden von den Herrschenden mit allen Mitteln bekämpft. Durch die Bevölkerung ging damals wie heute ein tiefer Riss zwischen denen, die von dem korrupten System Vorteile hatten und keine Not litten, und denen, die Tag für Tag um die nächste Mahlzeit kämpfen mussten.

Die neue Bewegung machte auch an den Gefängnistoren nicht halt. Die Wärter waren nicht nach Intelligenz ausgesucht worden, aber einige Bewacher von Felix und Linda dachten weit genug, um zu befürchten, dass sie womöglich selbst bald unter einer neuen Regierung in den Zellen sitzen könnten. Einen Wärter veranlasste diese Sorge, mir mit einer heimlichen Botschaft den Aufenthaltsort von Felix und Linda zu verraten: Die beiden waren nicht weit von Hamburg auf einer schmalen Elbinsel in einem ehemaligen Leuchtturm eingesperrt. Die Insel hatte keinen Hafen und konnte mit gewöhnlichen Schiffen nicht angelaufen werden. Es gelang mir, einen Seemann mit einem motorisierten Schlauchboot ausfindig zu machen, das unabhängig von der Tide in der Nähe des Leuchtturms anlegen konnte. Die Wachen dort verhielten sich unentschlossen, als ich am Pier energisch Einlass verlangte. Da ich aber auch auf der Insel bereits bekannt war und viele auch gemerkt hatten, dass neue Zeiten angebrochen waren, ließ man mich schließlich ein, um Felix und Linda zu sehen. Wir fielen uns alle drei in die Arme! Manche Träne fiel auf den trockenen Zementboden des vergitterten Besucherzimmers und erzeugte kleine dunkle Flecken.

Ich wollte die beiden Gefangenen sofort mitnehmen, aber Felix erhob Einspruch: »Liebe Louise, du weißt gar nicht, was ich hier mache.« Dann erzählte er mir, dass sie zwar beide noch eingesperrt und isoliert seien, inzwischen aber sehr gut versorgt würden. Nur benötigte Linda dringend ein Mittel gegen ihr quälendes Asthma. Abgesehen davon aber hätten sie die Abgeschiedenheit und Ruhe inzwischen schätzen gelernt, und sie arbeiteten gerade an einem Buch über ihre Lebensgeschichte. Felix wollte auf der Insel noch zwei weitere Monate an seinem Buch arbeiten, um es abzuschließen; denn er wusste, dass er »draußen« nicht die nötige Ruhe dafür finden würde. Als ich neugierig nach Einzelheiten fragte, schüttelte er den Kopf. Über den Titel des Buches war er sich noch nicht im Klaren. Es könnte harmlos »Opas Wald« heißen, oder düster »Die Erfüllung der Meteorologie«.

Dann erzählte mir Felix noch, dass Helena sich wahrscheinlich in Opas Wald versteckt habe. Er hatte ihr nämlich einmal geholfen, Lebensmittel dorthin zu schaffen. Aber Helena hatte ihm ihr Versteck nicht gezeigt und nur angedeutet, dass auch Geschwister unter Folter reden würden.

Nur widerstrebend ließ ich Felix und Linda im Gefängnis zurück, sorgte aber dafür, dass sie einen Kommunikator bekamen und dass ihre Zellentüren offen blieben. Der schlaue Wärter war auch sofort bereit, für Frau Professor jedes Medikament zu besorgen.

Mit dem Schlauchboot fuhr ich gleich weiter zu Opas Wald, der ja, wie ich wusste, jetzt an der Elbe lag. Ich hatte ein GPS-Gerät mit den Koordinaten des Waldes bei mir. Meinen Begleiter ließ ich am Deich zurück, denn ich wollte das Baumhaus, in dem ich Helena vermutete und das ich noch aus Kindertagen kannte, nicht verraten. Aber ich konnte mich nur schlecht zurechtfinden, denn der Wald war seit meinem letzten Besuch immer dichter und undurchdringlicher geworden. Nach einigem Umherirren fand ich endlich unser altes, fast vermodertes Baumhaus. Offensichtlich war es schon lange nicht mehr bewohnt worden; und von Helena keine Spur! Ich kämpfte mich durch das Gestrüpp am Boden und holte mir viele Schrammen. Als ich kaum noch weiterwusste, kam mir eine Idee: So laut ich konnte, sang ich das Lied der Matrosen von der Tanja. »Als der Tanja die Masten gebrochen, da sind wir alle mit abgesoffen, unser aller 31 von der Tanja.« Dieses Lied von den ertrunkenen Matrosen und dem herzlosen Reeder, der nur an sein Schiff, aber nicht an die Menschen dachte, hatte Opa allen Enkeln beigebracht; außer uns aber kannte es kaum ein Mensch. Und siehe da! Plötzlich sang jemand mit, und voller Tränen in den Augen kroch eine blasse und abgemagerte Helena unter abgestorbenen Brombeerranken aus ihrem Tunnel hervor. Wir Cousinen umarmten uns, und auch ich konnte meine Tränen nicht zurückhalten.

Helena berichtete, dass sie vom Wald aus sofort mit der Rettung von Felix und Linda hatte beginnen wollen, ihr aber klar war, dass sie ihr Handy nicht benutzen dürfe, um ihren Aufenthaltsort nicht ihren Feinden zu verraten. Sie konnte sich auch nicht einem öffentlichen Telefon nähern, weil sie dann sofort erkannt worden wäre. Ihr Zufluchtsort wurde praktisch zum Gefängnis, und sie war verzweifelt darüber, dass sie in diese Richtung nicht weit genug gedacht hatte.

Nun stieg sie ohne zu zögern in mein Boot, denn sie hatte nichts mehr, das sich mitzunehmen lohnte. Alle ihre Bücher hatte sie inzwischen mehrmals gelesen und alle Lebensmittel restlos vertilgt. Die Batterien ihres Radios waren schon lange leer und ihr Solarpaneel zerbrochen, sodass sie keine Nachrichten empfangen konnte. Sie machte große Augen, als ich sie über die neueste Entwicklung informierte.

Sie konnte kaum glauben, dass die alte Regierung zwar noch im Amt, ihre Macht aber wie ein Kartenhaus zusammengefallen war.

In meinem Haus an der Elbchaussee duschte Helena erst einmal ausgiebig, diesmal ohne auf die Verschwendung von heißem Wasser zu achten, wie sie es doch von Opa und ihren Eltern gelernt hatte. Danach aß sie sich seit langer Zeit erstmals satt. Schon am nächsten Tag half sie mir bei der Organisation der Likedeeler. Trotz der restriktiven Aufnahmebedingungen und obwohl der überwiegende Teil der Presse und der kommerziellen TV-Stationen gegen uns wetterte, wuchs die Partei lawinenartig.

Bereits nach drei Monaten war es offensichtlich, dass die Mehrheit der Bevölkerung die Likedeeler unterstützte.

Ein Volksbegehren sprach sich für Neuwahlen aus. Eines Nachts wachte ich durch heftiges Gewehrfeuer auf. Kurz darauf brachten die Wachen einen schwarzhaarigen Mann mit harten Gesichtszügen gefesselt zu mir. Er war der einzige Überlebende einer Gruppe von Angreifern, die das Haus hatten überfallen wollen. Ich erkannte an den weit geöffneten Pupillen, dass der Mann unter Drogen stand. Also ordnete ich an, dass er in einen fensterlosen Raum gesperrt wurde. Helena, die gerade eine Versammlung besuchte, sollte ihn am nächsten Tag verhören.

Obwohl er trotzig nach unten blickte, erkannte sie ihn sofort. Es war Luigi, ihr großer Widersacher, der sie selbst gern ins Gefängnis gebracht hätte, wenn sie sich nicht in Opas Wald versteckt hätte. Sie bot Luigi zwei Alternativen. Entweder er redete, oder er würde zu einem »Ersatzteillager« wie viele andere Gefangene. Dies war eine ziemlich grausame Strafe, die ganz eindeutig die Menschenwürde verletzte. Sie war von der korrupten alten Regierung eingeführt worden, weil besonders senile Politiker davon profitierten. Die Gefangenen wurden in einem abgeschotteten Sanatorium bestens gepflegt und versorgt. Wenn aber ein höheres Regierungsmitglied beispielsweise einen Herzinfarkt erlitt, griff man auf einen Verurteilten zu, und die Herzen wurden getauscht. Ebenso verfuhr man mit Nieren, Augen und allem, was transplantierbar war. Verständlicherweise lebten die Verbrecher trotz ursprünglich bester Gesundheit und Jugend dort nicht lange. Luigi kannte diese Strafe, denn er hatte schon einmal in dem Sanatorium einen kleinen Finger ersetzt bekommen, den ihm Yakuza in Japan nach einer verlorenen Wette abgehackt hatten. Da er nicht wusste, dass diese medizinischen Misshandlungen vor einiger Zeit abgeschafft worden waren, wirkte diese Drohung bei ihm noch.

Alles, was er wusste, sprudelte aus ihm heraus, angefangen mit dem letzten Coup in den Niederlanden, wobei er betonte, dass es dabei keine Toten gegeben habe. Der Nahrungsmittelkonzern Kruft züchtete Biogemüse in Treibhäusern, weil die Nahrung unter Glas schadstoffärmer produziert werden konnte als im Freiland. Die »ehrenwerte Gesellschaft« wollte an den Gewinnen des Konzerns teilhaben und »erbat« einen Anteil von 30 Prozent des Nettogewinnes. Die Manager des Nahrungsmittelkonzerns fühlten sich sicher. Gegen Vergiftungen ihrer Produkte hatten sie sich durch eine lückenlose Überwachung aller eingehenden Saaten und Düngemittel bestens geschützt. Dass die »ehrenwerte Gesellschaft« die Wetterkontrolle beherrschte, konnten sie sich nicht vorstellen.

Für Felix war es wie ein Donnerschlag, als Luigi mit leisem Stolz auch gestand, dass er schon damals die Bedeutung der abgefangenen E-Mail über die Wettersteuerung in ihrer Bedeutung erkannt hatte und sofort alle Untaten angedacht hatte.

Als Helena Luigis Geständnis und weitere Untaten verbreitete, brach ein Sturm der Entrüstung los. Beinahe wäre der IAC gestürmt worden. Chauri und einige andere Mitarbeiter versuchten gar nicht erst, sich herauszureden, sondern tauchten sofort unter. Über ihre Handys konnte Helena verfolgen, dass sie sich nach Afrika abgesetzt hatten. Sie hatten das Auffliegen ihrer Machenschaften wohl vorhergesehen und eine Flucht dorthin lange geplant, denn in Afrika gab es in vielen Gebieten keine Personenüberwachung; stattdessen aber Malaria, Denguefieber und die Schlafkrankheit, sodass Helena auf eine Verfolgung verzichtete.

Das Wetter wurde nicht mehr gesteuert. Sofort fiel es wieder in seinen zufälligen Ablauf zurück, und die Bevölkerung merkte nach wenigen Tagen, was sie verloren hatte. Es regnete am Tage, und eines Nachts kam plötzlich ohne Vorwarnung ein heftiges Gewitter auf, das einen Wohnturm in Brand steckte. In den folgenden Tagen wurde es immer trockener, denn der Wind drehte auf Ost und brachte glühend heiße Luft aus Zentralasien nach Mitteleuropa, sodass es wieder zahlreiche Hitzetote unter den älteren Menschen gab. Alle forderten, dass die Wetterkontrolle schleunigst wieder arbeiten solle. Also bat Helena ihren Bruder und Linda, das Gefängnis zu verlassen und wieder den IAC zu besetzen. Allerdings konnte Frau Linda Hinzpeter nur mit halber Kraft arbeiten, denn ihre Gesundheit hatte im Gefängnis mehr gelitten, als sie ihrem Mann gegenüber zugab.

Schon nach 14 Tagen konnten die beiden die Wetterkontrolle mithilfe einer neuen Mannschaft wieder in Gang bringen. Linda hatte sich dabei so überanstrengt, dass sie zusammenbrach und in ein Krankenhaus gebracht werden musste.

Die Kaperung der Wetterkontrolle war fast eine Nebensache verglichen mit dem, was Luigi noch verriet. Die »ehrenwerte Gesellschaft« hatte Gloobal und die halbe Regierung unterwandert und kontrollierte sie. Damit ließ sich auch deren Führungsschwäche erklären. Anstatt vorauszudenken und sich der Probleme der Menschen anzunehmen, war alle Energie für den Kampf der Ehrenwerten mit den weniger Ehrenwerten verbraucht worden. Längst nicht alle Politiker waren korrupt gewesen, aber um gewählt zu werden, mussten oft auch gutwillige Volksvertreter Kompromisse eingehen und beispielsweise mit raffgierigen Banken klüngeln. Es kam sogar der Verdacht auf, dass die immensen Verschuldungen der westlichen Staaten ein Komplott waren, um den Banken langfristig Zinsgewinne zu bescheren. Luigi nannte Namen und deckte Verbindungen auf. So konnte Helena entscheiden, mit welchen Regierungsmitgliedern sie zusammenarbeiten wollte und welche kaltgestellt werden mussten. Helena griff entschieden durch, und erstmals seit vielen Jahrzehnten gab es eine Führung, die zumindest augenblicklich sauber war.

Während der langen Verhöre fragte Helena Luigi auch nach seiner Familie. Er führte auf Sizilien ein normales bürgerliches Leben mit einer Frau, zwei kleinen Kindern und der üblichen Geliebten. Seine beiden älteren Söhne aus erster Ehe hatte er nach Deutschland geholt, weil er sah, dass sein »Beruf« als Krimineller keine Zukunft mehr hatte. Er selbst hatte sich in seiner Jugend nichts dabei gedacht, die Tradition seiner Vorfahren fortzuführen, die bereits seit dem Mittelalter von Diebstahl, Raub und Erpressung gelebt hatten. Aber er sah, dass sein Gewerbe mit den modernen Überwachungsmaßnahmen immer schwieriger wurde, darum strebte er für seine Nachkommen gewaltfreie Methoden der »Eigentumsübertragungen« an, wie er sich ausdrückte.

Mit der Wiederherstellung der Wettersteuerung war das grundlegende Problem der Welt aber nicht gelöst. Der Kohlendioxidgehalt und damit die Erwärmung der Erde hatten inzwischen noch weiter zugenommen. Die Wetterkontrolle schaffte es nur noch knapp, die Temperaturen in den Ballungszentren in erträglichen Grenzen zu halten. Besonders in den großen Metropolen gab es noch gelegentlich Hitzewellen, die Hunderte Menschen hinwegrafften. Eine geringe Entlastung brachte die Vorschrift, alle Dächer von Gebäuden, solange sie keine Solarpaneele oder Gärten trugen, mit einer reflektierenden Folie zu überziehen. Dazu gehörte es auch, alle Straßen und sonstigen Verkehrsflächen weiß anzustreichen. Mit diesen Maßnahmen wurde ein Teil des Sonnenlichts wieder in den Weltraum zurückgestrahlt und reduzierte die Erderwärmung. Man kam damit auf einen alten Vorschlag Gregory Benfords von der University of California aus dem Jahre 1992 zurück. Benford war ein kluger Kopf gewesen und hatte schon früh vorhergesehen, dass sich der Ausstoß an Kohlendioxid nicht einschränken lassen würde und daher sekundäre Maßnahmen notwendig würden.

Mit den hohen Temperaturen kamen unter anderem Insekten aus den Tropen in nördliche Breiten. Auch die Anophelesmücke, die Malaria überträgt, breitete sich in Europa und Nordamerika aus. Und siehe da, als diese Krankheit eine Bedrohung für die Industrienationen wurde, fand man bald einen wirksamen Impfstoff dagegen. Solange die Malaria nur ein Problem der Entwicklungsländer gewesen war, hatte man die Forschung lediglich mit halber Kraft betrieben.

Als die Likedeeler nach allgemeinen Wahlen an der Regierung waren, brachen intern heftige Kämpfe darüber aus, wie radikal man Louises neue Gebote einhalten solle. Am wenigsten Schwierigkeiten machten die Jäger. Sie waren bereit, ein Viertel ihrer jährlichen Strecke an Rehen, Dam- und Rotwild wieder den Wölfen und Luchsen zu überlassen. Das fiel ihnen leicht, weil durch den Rückgang des Autoverkehrs nicht mehr ein Drittel des Wildes überfahren wurde wie zu Beginn des Jahrhunderts. Auch die Landwirte hielten sich nun mit der Unkrautbekämpfung zurück. Das taten sie allerdings nicht ganz freiwillig, sondern weil die Spritzmittel zu teuer geworden waren.

Aus dem neunten Gebot »Du sollst deinem Nachbarn Raum geben!« leiteten viele Likedeeler eine Reduzierung der Mieten ab. Ich schloss mich dieser Auslegung an. Man einigte sich, dass Renditen von Mieten nicht über dem allgemeinen Zinsniveau liegen dürften. Damit wurde das Leben gerade für die untersten Schichten der Bevölkerung erleichtert.

Der heftigste Widerstand regte sich gegen das siebte Gebot (»Du sollst nur besitzen, was du dir selbst erarbeitet hast!«), denn es ermöglichte der Regierung, Leute zu enteignen, die ihren enormen Reichtum nicht durch eigene Arbeit erklären konnten. Damit legte sich die Partei gleichzeitig mit den meisten Superreichen wie auch mit bestochenen alten Politikern an.

Helena und ich mussten die Schaltstellen der Macht mit eigenen Leuten neu besetzen. Dabei stellte sich heraus, dass auch unter diesen viele sich nicht besser verhielten als ihre Vorgänger. Im Kampf gegen Korruption und Diebstahl von

Gemeineigentum aus den eigenen Reihen waren wir oft der Verzweiflung nahe. Menschen, die ihr Leben lang arm gewesen waren, konnten der Versuchung kaum widerstehen, sich genauso zu bereichern wie früher die Menschen an den Schalthebeln der Macht. Manchmal wollte ich verzagen, wenn wieder ein Beispiel von Bestechung bei einem Mitarbeiter aufgedeckt wurde, von dessen Unbestechlichkeit ich bei seiner Einstellung überzeugt gewesen war.

Lange grübelte ich über die Frage der Verteilung von Besitz und Einkommen. Ich war schließlich überzeugt, dass Leistung auch belohnt werden müsse, weil sonst die Gesellschaft nicht funktioniert. Also wurde das siebte Gebot bei der praktischen Umsetzung nicht wörtlich genommen, sondern eine Kommission von integren Bürgern konnte Ausnahmen zulassen. In einem Punkt blieb ich aber standhaft. Es durften keine Supervermögen über mehrere Generationen vererbt werden. Außerdem sollte jeder Mensch sein Leben mit den gleichen Startchancen beginnen können. Ich ahnte, wie schwer es sein würde, diese Forderung durchzusetzen; denn vermögende Eltern schickten ihre Sprösslinge auf private Schulen, die besser ausgestattet waren und durch höhere Bezahlung die Motivation der Lehrer förderten. Ich schaffte es nicht, Privatschulen zu verbieten, aber ich setzte durch, dass im Verhältnis eins zu eins per Los auch Kinder aus armen Familien dort kostenlos aufgenommen und absolut gleich behandelt wurden. Eine Auswahl nach Begabung lehnte ich ab, weil die kaum objektiv zu messen ist. Mit der Auswahl per Los wollte ich die Vetternwirtschaft bekämpfen und verhindern, dass doch wieder die Reichen unter sich blieben.

Ich hatte den ganzen Tag lang viele Entscheidungen zu fällen. Aber so oft wie möglich zog ich mich für eine Stunde zurück, um über Grundsätzliches nachzudenken. Die Frage der Verteilung von Vermögen und Einkommen machte mir Sorgen. Von meinem Empfinden her lehnte ich eine erzwungene Gleichheit genauso ab wie die Konzentration der Vermögen auf wenige Personen. Es war mir klar, dass die gerechte Verteilung der Güter zwar eine wesentliche Bedingung für die Stabilität einer menschlichen Gesellschaft ist, dass aber »gerecht« nicht »gleichmäßig« bedeutet. Auch Opa hatte sich bereits über diese Frage viele Gedanken gemacht und uns von zwei Beispielen aus der Geschichte der Menschheit erzählt, bei denen falsche Einkommensverteilungen zu dramatischen Umwälzungen geführt hatten:

Die Französische Revolution 1789 wurde ausgelöst, weil die Nachfolger des Sonnenkönigs in Versailles zusammen mit dem Hochadel allen Reichtum an sich gerissen hatten, während die Bevölkerung darbte. Andersherum ging es aber auch schief. Die alte Sowjetunion löste sich auf, weil wegen der erzwungenen Gleichmacherei die meisten Menschen keinen Anreiz für berufliche Anstrengungen sahen und weil durch staatlich zugelassene Schlamperei die Wirtschaft nicht die Bedürfnisse der Bevölkerung befriedigen konnte.

Für mich ergab sich daraus: Gerechtigkeit heißt nicht Gleichmacherei. Ich vertiefte mich in die wissenschaftliche Literatur zu dem Thema. Am besten gefiel mir der amerikanische Philosoph John Rawls (1921–2002). Seine Überlegungen lassen sich auf zwei Grundsätze komprimieren. Erstens muss jeder unabhängig von seiner anfänglichen

Stellung in der Gesellschaft die gleichen Startchancen haben. Und zweitens darf von einer gleichen Verteilung aller Güter auf die einzelnen Mitglieder der Gemeinschaft nur abgewichen werden, wenn dadurch auch die am schlechtesten gestellten Mitglieder der Gesellschaft noch Vorteile haben. Zum Beispiel müssen Erfinder, die vielen anderen Menschen ihre Arbeit erleichtern, und Staatslenker, die das Leben aller gut organisieren, dafür belohnt werden. Auch Künstler und Sportler, die anderen Unterhaltung bieten und Freude bereiten, sollen davon Nutzen haben.

Aufgrund dieser Überlegungen hielt ich eine pyramidenförmige Verteilung von Reichtum und Einkommen für gerecht, wenn die Unterschiede auf Leistung beruhen. Sobald aber das Leben der untersten Schicht der Gesellschaft nicht menschenwürdig ist, muss von der Spitze der Pyramide, über die Besteuerung zur Erfüllung staatlicher Aufgaben hinaus, Wohlstand umverteilt werden.

Als ich zu diesen Erkenntnissen gelangt war, wurde ich weniger streng gegen mich selbst und meine Umgebung. Ich gestattete mir gelegentliche Ausflüge nach Grönland, wo jetzt die gleichen Temperaturen herrschten wie vor 80 Jahren in Deutschland. Meinen Mitarbeitern gegenüber wurde ich auch milder und gestattete ihnen einen gewissen Luxus, der anderen wiederum Arbeit und Einkommen sicherte. Ich selbst aber lebte bescheidener als viele meiner Mitarbeiter.

Inzwischen konnten auch die allerletzten Zweifler den Zusammenhang zwischen der steigenden Kohlendioxidkonzentration und der Erderwärmung nicht mehr leugnen. So traf ich auf allgemeine Zustimmung, als ich vorschlug, die Weise der Besteuerung umzustellen, um die Freisetzung von Treibhausgasen entscheidend einzuschränken: Die Mehrwertsteuer von 28 Prozent allgemein und 14 Prozent für Lebensmittel wurde halbiert. Dafür wurde die bisherige Energiesteuer in »Klimasteuer« umbenannt und drastisch erhöht. Diese Steuer wurde auf alle Produkte ausgeweitet, bei deren Erzeugung, Benutzung und Beseitigung klimarelevante Gase freigesetzt wurden. Selbstverständlich nahm dabei der Einsatz von Stein- und Braunkohle den Spitzenplatz ein, weil bei deren Verbrennung am meisten Kohlendioxid erzeugt wird. Etwas weniger erzeugen alle Erdölprodukte wie Diesel, Benzin und Heizöl. Erdgas und das neue Methangas aus den Hydratablagerungen der Meere waren wiederum günstiger, weil durch den hohen Anteil an Wasserstoff relativ weniger Kohlendioxid bei der Verbrennung freigesetzt wird.

Für elektrischen Strom gab es daher unterschiedliche Kosten. Solarstrom und Strom aus Windkraftanlagen war billig, hingegen war Strom, der mit Kohlekraftwerken erzeugt wurde, sehr teuer. Neu war jetzt eine Steuer auf die Erzeugung von Fleisch, da Schlachttiere besonders viel Methan freisetzen, was auch einen Beitrag zum Treibhauseffekt leistet. Überraschend war auch die neue Besteuerung von Sekt und von Mineralwasser, wenn es mit Kohlensäure versetzt war. Kunststoffe, die fast ausschließlich aus Öl erzeugt wurden, verteuerten sich sprunghaft. Damit bekam Holz einen neuen Stellenwert, und es war erstaunlich, wie viele Dinge jetzt nicht mehr aus Plastik, sondern wieder aus diesem nachwachsenden Material gefertigt wurden.

Die Atmosphäre atmet wieder auf

Hell und grün ist im Jahre 2067 mein Wald, den Opa 1995 mit Buchen, Eichen, Kiefern, Fichten und Douglasien aufgeforstet und gepflegt hat. Ich wollte ihn eigentlich Louise schenken, denn nur durch ihren Mut und durch ihre Tatkraft bin ich dem Gefängnis entkommen. Sie wollte aber lieber zurück nach Australien zu ihren Freunden aus der Kindheit.

Trotz aufopferungsvoller Pflege ist meine Frau gestorben. Noch bis vor Kurzem lebten wir im obersten Stockwerk eines Wohnturmes nahe Wacken mit dem Blick über die weite Landschaft Schleswig-Holsteins und konnten den Himmel beobachten. Auf unserem Computer sahen wir, welches Wetter geplant wurde. Linda freute sich dann, wenn der Aufzug von Stratuswolken am Himmel ein geplantes Tiefdruckgebiet anzeige. Die von meiner Cousine Louise eingeführte radikale Besteuerung der Kohlendioxiderzeugung reduzierte den Verbrauch an fossilen Energieträgern erheblich und führte allen Menschen den Ernst der Lage vor Augen. Durch die Verteuerung der Kraftstoffe wurde der Ferntransport von Gütern aller Art unrentabel. Deshalb wurde die Versorgung mit Lebensmitteln von weltweit auf lokal umgestellt.

Ein Joghurt wird nun nicht mehr mit Milch aus dem Allgäu produziert, in einen Kunststoffbecher aus Mannheim gefüllt und in Hamburg gegessen. Nein, Kühe, zum Beispiel, stehen jetzt in Pinneberg im ehemaligen Rosengarten; sie werden wieder mit der Hand gemolken. Noch im Stall wird aus der Milch Joghurt erzeugt, der in ausgewaschene Marmeladengläser abgefüllt wird. Anschließend wird er mit dreirädrigen Lastenfahrrädern nach Hamburg gebracht. Tag und Nacht sind erfüllt vom Quietschen der Räder, weil es nicht genug Schmieröl gibt, um die Achsen zu fetten; so war es bereits vor vielen Jahren in einem Science-Fiction-Buch von Asimov beschrieben worden.

Wegen der allgemeinen Knappheit an allen Dingen ist das Leben jetzt mit vielerlei Anstrengungen verbunden. Aber es gibt auch eine neue Solidarität und Hilfsbereitschaft unter den Menschen, wie sie früher nur zu Kriegszeiten oder nach Naturkatastrophen üblich war.

Die Atmosphäre atmet langsam wieder auf, denn die Konzentration des Kohlendioxids geht erstmals zurück. Es gibt Anzeichen, dass die globale Temperatur nicht weiter ansteigt. In dem Maße, wie die industrielle Produktion zurückgeht, blühen Kunst und Literatur auf. Es wird wieder modern, gedruckte Bücher zu lesen, und Leute, die in der Schule kaum einen deutschen Besinnungsaufsatz zustande gebracht haben, beginnen selbst Bücher zu schreiben. Dabei ist der allgemeine Tenor: »Wichtiger als alle Wissenschaft und Technik ist die Ethik der Bescheidenheit!«

Nach dem Tode meiner Frau zog ich mich in den Wald zurück und konnte dort in Ruhe die Beiträge meiner Cousine

Louise in dieses Buch einfügen. Sie ging wieder zurück nach Perth, wo sie einen führenden Likedeeler heiratete. Meine Schwester Helena lebt in Berlin und kümmert sich dort mit aller Kraft darum, dass die Justiz sauber und arbeitsfähig bleibt.

Aber jedes Jahr treffen wir Enkel uns in Opas Wald anlässlich seines Geburtstages und feiern ihn gebührend.

Rückblickend frage ich mich, ob die Erfindung der Wettersteuerung für mich wirklich ein Segen war. Den Aufenthalt im Gefängnis, den Tod meiner Frau und viele andere Schmerzen hätte ich nicht erleiden müssen, wenn ich als vermutlich gut bezahlter Professor einfach an meinen alten Wettermodellen weiter gebastelt hätte und im Mainstream mitgeschwommen wäre.

Aber es steckte wohl in mir, Grenzen zu überschreiten!
Felix Hinzpeter

ANHANG

Sind wir Wetterkatastrophen hilflos ausgeliefert?

Die industrielle Freisetzung von Kohlendioxyd hat unbestreitbar die globale Mitteltemperatur signifikant erhöht. Durch das Bevölkerungswachstum werden Gebiete besiedelt, die durch extreme Wettersituationen schon immer gefährdet waren. Verheerende Stürme, Überflutungen, extreme Temperaturen sowie lang anhaltende Dürren mit Missernten brechen über uns herein. Die Folgen sind zahlreiche Opfer und immense Schäden. Daher gebietet es allein schon unser Mitgefühl, alles zu tun um solche Katastrophen zu verhindern.

Die zahlreich propagierten Maßnahmen zur Gegensteuerung der Erderwärmung sind zumindest fragwürdig und möglicherweise sogar gefährlich, weil sie nicht reversibel sind und ihre Auswirkungen nicht sicher abgeschätzt werden können. Beispielsweise „Sonnenstrahlung aussperren" durch SO_2 Tröpfchen nach Crutzen /1/, Aluminiumstreifen in der oberen Atmosphäre oder Düngen der Weltmeere mit Eisen schafft nur neue Probleme. So hat Tanaka /2/ angemerkt, dass mit dem Einbringen von SO_2 in die Stratosphäre die Ozonschicht zerstört wird.

Die Mehrheit der Vorschläge zum sogenannten Geoengineering kommt nicht von Wetterkundlern (Grutzen war allerdings Meteorologe), da wir die Risiken solcher Eingriffe ahnen. Andererseits arbeiten auf der ganzen Welt tausende von Meteorologen an der Erfassung der atmosphärischen Vorgänge und der Vorhersage des Wetters, um die Prognosen für die nächsten 10 Tage oder 100 Jahre weiter zu verbessern. Aber nicht die Vorhersage des Wetters ist das Problem, sondern das Wetter selbst! Und darum müssen wir lernen das Wetter zu korrigieren, d.h. steuern!

Das englische Schlagwort dazu heißt „weather modification". Unter Wetteränderung in einfachster Form wird meist Wolkenimpfen verstanden. Es ist nicht allgemein bekannt, in welchem Ausmaß „cloud seeding" bereits betrieben wird. Zu den Olympischen Spielen 2008 in Peking sorgte das „Wetterveränderungsbüro" für einen regenfreien Verlauf. Nach /3/ plant die chinesische Regierung die Aktivitäten dieses meteorologischen Amtes erheblich auszuweiten. So will China sechs regionale Zentren für Wettermanipulation einrichten, mindestens 54 Millionen Quadratkilometer mit künstlichen Regen versorgen und insgesamt rund 60 Milliarden Kubikmeter zusätzliches Regenwasser pro Jahr „technisch erzeugen".

Alle diese Arbeiten gehen auf Vincent J. Schaefer /4/ zurück, der 1946 entdeckte, dass sich unterkühlte Wolkentropfen (flüssiges Wasser unter dem Gefrierpunkt) mit Trockeneis in Eiskristalle umwandeln lassen. Nach der Bergeron-Findeisen Theorie wachsen diese Kristalle auf Kosten kleiner Tropfen, deren Fallgeschwindigkeit so gering ist, dass sie nicht ausregnen. Die Eiskristalle dagegen wachsen, sinken ab und schmelzen zu großen Tropfen, wenn sie die Nullgradgrenze der Wolke passieren.

Im selben Jahr entdeckte Bernhard Vonnegut die größere Wirksamkeit von Silberjodid. In den USA liefen dann im Zeitraum von 5 Jahre zunächst ca. 200 Feldexperimente in dem „Project Cirrus", das danach noch 20 Jahre weiter geführt wurde. Es ist jetzt allgemein anerkannt, dass mit Silberjodid

- unterkühlter Nebel an Flugplätzen aufgelöst,
- in unterkühlten Statuswolkenbänken Löcher erzeugt,
- Hagelschäden reduziert,
- in Gebirgen die Schneedecke verstärkt,
- und schließlich der natürliche Niederschlag um 10-30% gesteigert werden kann.

Aktuell wird diese Technik des „cloud seeding" modifiziert auch in Abu Dhabi, Indien und der Russischen Föderation eingesetzt, um den Niederschlag in Trockengebieten zu erhöhen.

Ein Melken von Regenwolken ist zwar ein Eingriff in das Wetter, kann allerdings nur ein erster Schritt zur Steuerung des Wetters bedeuten. Dazu müssen zunächst grundlegende Überlegungen angestellt werden. Bekannt aus der Chaostheorie ist, dass der Flügelschlag eines Schmetterlings im Regenwald des Amazonas einen Hurrikan in Nordamerika auslösen kann. Schon 1961 zeigte Edward Lorenz, dass minimale Änderungen der Anfangsbedingungen in seinem Vorhersagemodell nach geraumer Zeit die Prognosen entscheidend ändern. Auch die jetzt verwendeten Vorhersagemodelle zeigen das gleiche Verhalten. Dies gilt natürlich auch für das Wetter selbst. So kann eine winzige Änderung der Startbedingungen über die Stärke eines Orkanes entscheiden. Einen voll entwickelten Orkan zu beeinflussen ist wohl unmöglich, aber z.B. die Menge des Wasserdampfes, aus dem er seine kinetische Energie bezieht, zu reduzieren liegt im Bereich der Möglichkeiten.

Dazu gibt es von Dominique Yuen eine Untersuchung /5/ zum Orkan Xynthia (26.-28. Februar 2010), der Teile von Frankreich verwüstet hat. Mit einem Trajektorien Modell hat sie die Stelle ermittelt, an der die Aufnahme des Wasserdampfs stattfand, der den Treibstoff des Orkans bildete. Mit einem Vorhersagemodell berechnete sie dann, dass bei einer Reduzierung der aufgenommenen Wasserdampfmenge um 50 % nur ein gewöhnlicher Sturm entstanden wäre. Ihre Berechnungen fußen auf einer gründlichen Untersuchung dieses Wintersturmes von Liberator et. al. /6/. Techniken, um den Wasserdampf bereits auf dem Atlantik abregnen zu lassen, werden, siehe oben, bereits bei der Erzeugung von Niederschlag auf Land eingesetzt.

Genau wie der Atmosphäre Wasserdampf zu entzogen werden kann, sollte es auch möglich sein ihr Wasserdampf zu zuführen. Dabei bietet es sich möglicherweise an die Oberflächenspannung der Meeresoberfläche herabzusetzen oder mechanisch Meerwasser zu versprühen.

Die wissenschaftlichen Grundlagen zur Entstehung und Beeinflussung von Tiefdruckgebieten und damit des Wetters zu ermitteln, muss das dringendste Forschungsziel der Meteorologie werden. Am Anfang muss dazu geklärt werden, wie Zyklone der verschieden Art überhaupt ausgelöst werden.

Dazu stellen sich folgende Fragen:

- Welche Bedingungen herrschen an der Stelle der Polarfront oder anderer Luftmassengrenzen, an der Zyklone entstehen?
- Gibt es eine Mindestenergie, um eine Zyklone auszulösen?
- Wie lässt sich die Zugbahn einer Zyklone beeinflussen?
- Folgende experimentellen Untersuchungen erscheinen notwendig und sinnvoll:
- Die Versuche aus den 60er Jahren, bei denen mit Brennern am Erdboden Gewitter ausgelöst werden sollte, müssen mit besserer Technik wiederholt werden, um den Auslösemechanismus zu verstehen.
- Es sollte untersucht werden, ob Impfungen im Bereich von Luftmassengrenzen Zyklone auslösen.
- Wettersatelliten sollten mit einer Lupe zur stellenweise höheren Auflösung, ausgerüstet werden, um das Keimen einer Zyklone frühzeitig beobachten zu können.

Darüber hinaus sollte mit hochauflösenden Modellen untersucht werden, ob durch gezielte Wärmezufuhr an sensiblen Stellen der Luftmassengrenzen Zyklone erzeugt oder in ihrer Zugrichtung beeinflusst werden können.

In dem gängigen Shapiro-Keyser Zyklonenmodell mit seinen vier Entwicklungsstadien gibt es eine Phase bei der eine zusätzliche Zufuhr von Wärme auf der Warmfrontseite frontogenetisch wirkt und eine Zyklone auslöst. Hier bietet sich an die Arbeit von Langguth /7/ weiterzuführen, der mit dem COSMOS-EU Modell des DWD Zyklogenesen ausführlich untersucht hat. Dabei sollte man den Mut haben zunächst die Herkunft zusätzliche Wärme offen zu lassen, sondern nur die erforderliche Menge und den empfindlichste Stelle der Zufuhr zu ermitteln.

Wenn bei einer bedrohlichen Wettersituation der zur Verfügung stehende Wasserdampf auf mehrere kleine Zyklone verteilt wird, kann man dem „Flügelschlag des Schmetterlings" zuvorkommen und einen Orkan oder gar einen Hurrikan verhindern.

Um das Leben auf der Erde erträglich zu gestalten, muss als Plan B der letzte Schritt zur vollständigen Beherrschung der Erde vollzogen werden, auch wenn uns das vom Gefühl her widerstrebt. Wir müssen Tiefdruckgebiete von der Entstehung über die Zugrichtung bis zur Intensität hin kontrollieren. Auch wenn diese Idee zunächst undurchführbar und fantastisch klingt, welch ein Gewinn winkt uns! Wir könnten Wetterkatastrophen vermeiden. Wir könnten Missernten verhindern und die Erträge der Landwirtschaft steigern. Wir könnten Hitzewellen mit Waldbränden vermeiden und Ballungsräume gezielt durchlüften. Klimatisch verursachte Wanderungen ganzer Völker mit den damit verbundenen Kriegen könnten vermieden werden.

Die Steuerung des Wetters ist vergleichbar mit der Dienstbarmachung des Feuers und genauso umwälzend wie unausweichlich!

Literaturhinweise

/1/ Crutzen, P. J., Albedo Enhancement by Stratospheric Sulfur Injections, Climatic Change 2006, 77, p 211-220

/2/ Tanaka, K., et. al., Geoengineering to Avoid Overshoot: An Analysis of Uncertainty, Geophysical Research Abstracts, Vol. 12,EGU2010-12796, 2010

/3/ Stieler, Wolfgang, 2015: China will Wetterkontrolle ausweiten, Technology Review, 02, p 13

/4/ Schaefer, Vincent J, Day, John A, 1981, A Field Guide to the Atmosphere, ISBN 0-395-24080-8

/5/ Yuen, Dominique, 2011, Besonderheiten explosiver Zyklogenese über dem Südwesten des Nordatlantik am Beispiel des Sturmtiefs Xynthia, Bachelorarbeit an der Uni Köln

/6/ Liberato, M. L. R., J. G. Pinto, R. M. Trigo, P. Ludwig, P. Ordonez, D. Yuen, I. F. Trigo, Explosive development of winter storm Xynthia over the subtropical North Atlantic Ocean, Nat. Hazards Earth Syst. Sci., 13, 2239-2251, 2013

/7/ Langguth, Michael, 2013, Zyklogenese an Kaltfronten, Bachelorarbeit an der Uni Bonn

Weather disasters can be prevented by controlling cyclones

Manfried Heinrich

The control of the weather is comparable to the use of fire: It is revolutionary and at the same time inevitable. Basic research for weather control should be the primary research goal of meteorology today.

Due to the massive release of carbon dioxide, the human race has contributed significantly to the rise in the average global temperature. We are confronted with devastating storms, extreme temperatures, floods and prolonged droughts, leading to crop failures. More and more people are living in areas vulnerable to extreme weather conditions. The consequences are numerous casualties and substantial damage. By sympathy with the victims we must act now to prevent further disasters.

Many advocated measures to counteract global warming are questionable and if not reversible, possibly dangerous. Ideas such as „solar radiation lock out" by SO_2 droplets or aluminium strip in the upper atmosphere do not prevent weather disasters. Fertilizing the oceans with iron only causes new problems.

It is not surprising that most proposals for geoengineering do not originate from weather watchers, as we meteorologists are very aware of the risks of such interventions. However, thousands of scientists worldwide are studying atmospheric processes trying to improve the prediction of the weather forecasts. Predicting the weather is important, but more important is to modify weather itself. That is why we must learn to correct the weather, i.e. control it!

The buzzword is "weather modification". In its simplest form it is known as „cloud seeding". It is not generally known to what extent cloud seeding is already carried out. During the Bejjing Olympics in 2008, the „weather modification office" provided a rain-free period. According to Wolfgang STIELER, the Chinese government plans to significantly expand the activities of the "Meteorological Office for Weather Changing". China wants to set up six regional centres for weather manipulation, providing at least 54 million square kilometres with artificial rain and "technically produce" a total of approximately 60 billion cubic meters of additional rain water annually.

All these ideas originate from VINCENT J. Schaefer, who discovered in 1946 that supercooled cloud droplets can be converted to ice crystals using solid carbon dioxide. In the same year Bernard Vonnegut discovered the superior efficiency of silver iodide. In their „Project Cirrus" approximately 200 field experiments were carried out in the US over the period of five years and continued further for 20 years. It is now generally accepted that with silver iodide one can

- disperse supercooled fog at airports
- generate holes in the supercooled cloud stratus,
- reduce hail damage,
- reinforce the snowpack in the mountains,
- and increase the precipitation by 10-30%.

Currently, this technique of „cloud seeding" is modified to increase the precipitation in arid areas in Abu Dhabi, India and the Russian Federation. Milking rain clouds is an interference with the weather, but is only the first step to controlling the weather. If we plan to influence the weather further, fundamental research is essential.

From chaos theory we know that the beat of the wings of a butterfly can initiate a hurricane. In 1961, Edward Lorenz showed that even minimal changes in initial conditions in his prediction model changed the outcome significantly after some time. This is also true for the weather itself. Thus, a tiny change in the initial conditions can determine e.g. the strength of a hurricane. To influence a fully developed hurricane is probably impossible, but for example, to reduce evaporation on the surface, where it receives its energy in the early stage may be possible.

As an example there is an investigation by M. L. R. LIBE-RATU et. al. about the winter storm Xynthia (February 2010), which devastated parts of France. Parallel to this work

Dominique YUEN with a trajectory model, she identified the location where the evaporation of water vapour fuelled the hurricane. With a forecast model, she then calculated that, for a reduction in the amount of water vapour by 50% only a moderate storm would have occurred. Techniques to make it rain prematurely over the Atlantic to reduce the available water vapour are already in use over land (see above).

Basic research for weather control should be the primary research goal of meteorology today.

1. The following questions need to be addressed:
   - What are the conditions at the site of the Polar Front or other air mass boundaries, where
   - cyclones are formed?
   - Is there a minimum energy to trigger a cyclone?
   - How can we influence the cyclone track?

2. The following experimental studies seem necessary and useful:
   - The experiments in the 1960s, where it was attempted to trigger thunderstorms with burners on the ground. These experiences should be repeated using modern technology to better understand the trigger mechanism.
   - It should be investigated whether vaccination can initiate or prevent the development of cyclones in frontal areas.
   - Weather satellites should be equipped with a magnifying optic for higher resolution to observe the germination of a cyclone.

It is also recommended to investigate with high-resolution models if cyclones can be generated by specific heating at vulnerable points in frontal areas, or if it is possibly to influence their course by local heating. If these results show clear relationships between local energy supply and the formation of a cyclone one may think of possibilities of modifying local energy supplies, e.g. by mirrors in space to reflect sunlight to specific points.

Perhaps continuing and improving the Cosmos 1 experiments from 2001 (project of the Planetary Society, see Wikipedia) may be useful. In these experiments it was attempted unsuccessfully to span a reflective 5 micron thin foil inlaid with hoses. This foil alternatively could be used as a mirror to reflect sun light to points on earth. If the development of cyclones can be triggered by such changes in the energy supply at the surface, the effect of „wings of a butterfly" can be anticipated and the development of a hurricane could be avoided. First this should be tried with model simulations, and if the results confirm expectations, it would be worth reviving the solar sail projects.

To improve life on earth, we need to progress in the area of weather modification even if we are reluctant to do so. We need to control the development and course of cyclones to alter their intensity or change their direction from areas where we are most vulnerable. Although this idea seems initially impractical and hard to believe, think of the benefits. We could reduce weather disasters. We could reduce crop failures and increase agricultural yields. We could reduce heat waves, extinguish forest fires and ventilate metropolitan areas. Climatically induced migrations of entire populations with associated frictions or wars could be avoided.

The control of the weather is comparable to the use of fire: It is revolutionary and at the same time inevitable!

References

SCHAEFER, V.J., J. A. DAY, 1981; A field guide to the Atmosphere, -Houghton Mifflin Company, Boston, New York, 224 pp

STIELER, Wolfgang, 2015: China wants to expand Weather Control, Technology Review, 02, p 13

LIBERATO, M. L. R., J. G. Pinto, R. M. Trigo, P. Ludwig, P. Ordonez, D. Yuen, I. F. Trigo, Explosive development of winter storm Xynthia over the subtropical North Atlantic Ocean, Nat. Hazards Earth Syst. Sci., 13, 2239-2251, 2013

YUEN, Dominique, 2011 Special explosive cyclogenesis over the southwest of the North Atlantic at the example of the storm Xynthia, Bachelor thesis at the University of Cologne, Germany

Der Autor

Manfried Heinrich (geb. 1940) studierte in Kiel Meteorologie mit den Nebenfächern Ozeanographie, Mathematik und Physik. Nach seinem Diplom arbeitete er sieben Jahre in der Forschung am dortigen Institut für Meereskunde.

Um seine Kenntnisse und Fähigkeiten praktisch anzuwenden, ging er 1975 zum Technischen Überwachungsverein Norddeutschland. Dort sorgte er in fünfundzwanzig Jahren für den Umweltschutz in Sinne der Technischen Reinhaltung der Luft (TA-Luft). Er war durch ein Gutachten maßgeblich an der Entschwefelung der Kohlekraftwerke beteiligt, mit der das Waldsterben beendet wurde. Seit 2000 befasste er sich mit dem Problem der Erderwärmung. Seine Vorstellungen stehen im Widerspruch zur Meteorologischen Gesellschaft und sind der Zeit weit voraus.

Seine Dissertation über Sonnen- und Wärmestrahlung an und in Wolken wurde 1972 mit summa cum laude beurteilt. In dem vorliegenden Buch ehrt er seinen Doktorvater mit dem Nachnamen des Protagonisten.